SV

Gertrud Leutenegger
Meduse

Suhrkamp Verlag

Erste Auflage 1988

Druck: MZ-Verlagsdruckerei GmbH, Memmingen
Printed in Germany

Meduse

Zu einem bestimmten Zeitpunkt meines Lebens sah ich aus dem Meer eine Meduse auftauchen, groß wie ein Kinderkopf, rosa marmoriert, mit Fangfäden, die tief ins Wasser hinabhingen. Unvermittelt aber zerflossen diese wie Haare in den grauen Wellenmassen, die Meduse schaukelte auf mich zu, wobei sie ihre Ränder bald aufblähte, bald zusammenzog. Wider Willen betrachtete ich länger die zarte, doch durchdringende Erscheinung. Etwas unbedingt mich Angehendes strahlte mir daraus entgegen, schon untergegangen oder noch gestaltlos, Flut umspülte meine Füße, das Meer, aus dem wir alle kommen

Hinter mir auf den Dünen blühten, in Form von niedrigen Sträuchern, wilde Kamillen, ein luftiger vom Meer zurückgelassener Schleier. Weit dehnte sich der Sandstrand bis zum Horizont. Die Meduse schien alle Lichtfarben des Meers in sich aufgesogen zu haben, eine schillernd erleuchtete Kuppe schwebte sie heran, doch war das überhaupt noch die Meduse? Sie wuchs, langsam, aber unaufhaltsam, wuchs aus den hochstrudelnden Wellen. Das Meer floß, milchiger Schaum, von ihr ab, schon krümmten sich trocken die Fangfäden, wucherten empor, grünten auf: im Sommerwind rauschende

Bäume! Birken glühten zwischen dunklen Kastaniengruppen, Dächer aus Granitplatten schoben sich, feucht bemooste Steinflächen, ineinander, und ein Glockenturm, verwittert, schlank, durchschnitt den Abend, das Gewinde eines Materialaufzugs surrte, aus dem Meer erhob sich Rovina

Wie hinter einer letzten niederstürzenden Wand durchsichtigen Wassers, oder war das nur noch das bewegte Glänzen der Luft, sah ich das größte der Steinhäuser auftauchen, die Front von einer Glyzinie beschattet, und waren das nicht Fabrizio und ich, die dort unter der offenen Tür standen und den Himmel nach dem kleinsten Gewitteranzeichen absuchten? Aber er wölbte sich klar und wolkenlos über Rovina, und merkwürdig genug, daß sein heller Abglanz in Fabrizios Augen mir nicht als eine erhoffte Übereinstimmung mit unserem abendlichen Aufbruch erschien, sondern eher wie eine stille bilderlose Kuppel, die uns die Enthüllung ihrer Absichten vorenthielt. Indessen war Fabrizio bereits bis zu den Johannisbeersträuchern, die das Grundstück abschlossen, hinaufgeeilt, vielleicht um mir den Weggang vom Haus zu erleichtern, oder überhaupt jeden Abschied zu vermeiden, ich steckte den Schlüssel hinter den Stamm der Glyzinie, komm, rief Fabrizio, aber war nun nicht doch eine ungewohnte Bewegung in der Atmosphäre eingetreten

Etwas Unruhiges, Flirrendes wehte vor unseren Augen vorüber, wiederholte sich, kam verstärkt in Wellen, in unsichtbar wandernden Vorhängen, von deren Berührung gleichsam nur die Luft kurz zitterte, eine Schwalbe schoß über mich hinweg, und bei Fabrizio auf den Steinplatten des Wegs angelangt, von einem fast blendenden Einfall des späten Sonnenlichts getroffen, sahen wir: Schwaden, Türme von Mücken trieben vorbei, ein einziges frenetisches Schwirren und Kreisen, und hinter Rovina erhoben sich die Schwalben, durchstießen mit den winzigen kräftigen Körpern die flirrenden Mückenschwaden, schnappten nach den Tierchen oder verschlangen sie, indem sie sich, nach ein paar energischen Flügelschlägen, mit weitoffenem Schnabel in einem Bogen fallen ließen, dann wendeten sie, schwangen sich wieder in große Höhe und stürzten von neuem durch die eben zerrissenen Mückenvorhänge, rastlos, in immer kühnerem Flug, unter dem im Fallen knapp anliegenden dunklen Gefieder blitzte die Bauchseite hell, eine berükkende Entschlossenheit ging von diesen kleinen Vogelkörpern aus, etwas Entzückendes und

Mörderisches. Reglos blieben wir stehen, doch der Einfallswinkel der Sonne mußte sich inzwischen kaum merklich verändert haben, die Mückentürme entschwanden unserem Blick, der riesige Luftraum über Rovina erschien leer wie zuvor, nur die Schwalben taumelten weiter durch die Luft, trunken, unersättlich, abwärts der Ebene zu

Der Weg, einmal über die letzten Häuser von Rovina hinaus, ging rasch in einen undeutlich niedergetretenen Grasstreifen über. Hätte ich den Schlüssel vielleicht mitnehmen sollen, fragte ich Fabrizio, aber wieso denn, lachte er, das tun wir doch nie, er drehte sich um, als wollte er mich mit sich fortziehen, aber er unterließ es, wie von einer Scheu erfaßt. Den Ort, diesen Aufstieg hatten wir zusammen gewählt, auch den heutigen Abend, doch auf einmal begannen diese Bestimmungen einen dünnen Schatten zwischen uns zu legen, zwischen jede Bewegung, jedes Wort, selbst das verwilderte Unterholz um die Kastaniengruppen wirkte schattengetränkter als sonst um diese Stunde, so daß ein paar verspätete Blütenrispen da und dort wie angezündete Kerzen in der Dämmerung standen

Nie sonst war mir eingefallen, ein Fremder könnte den Schlüssel hinter dem Glyzinienstamm entdecken und ins Haus eindringen, auch gehörten die Häuser hier, nach einem ungeschriebenen Recht, allen, man lief durch sie hindurch wie durch eine Fortsetzung, Erweiterung des eigenen Gartens, abgezogene Schlüssel lagen stets so, daß jeder sie im Notfall erriet, unter der Steinplatte des Eingangs, auf dem Querbalken über der Tür, hinter einem Fensterladen, doch eine Glyzinie hatte nur unser Haus. Fabrizios Großvater hatte zuerst gezögert, sie hier anzupflanzen, in solcher Höhe, wo die Steinhäuser karg, schmucklos auf den immer mehr zuwachsenden Lichtungen standen. Nur Holunderbüsche hielt man öfters wie Zierbäume, verschaffte ihnen Helligkeit und Entfaltung, so daß zu ihrer Blütezeit beim Aufstieg nach Rovina, das nur auf einem schmalen Fußweg erreichbar war, nichts so sehr die baldige Nähe der Häuser verriet als der durch die Luft herangetragene schwere Duft des Holunders. Indessen konnte Fabrizios Großvater nicht von der Vorstellung lassen, auch hier oben eine Glyzinie zu ziehen, ein versicherndes Abbild, eine Verdoppelung des weitläufigen Stadthauses jenseits der Grenze, dessen Vorderfront und hintere Terrassen vollkommen von diesem Kletterstrauch überwachsen waren. Die violett schimmernden, träg herabhängenden Blütendolden hatten seinen Aufstieg begleitet, auch Rovina, wo unter schräg eingesunkenen Grabplatten seine Vorfahren lagen, sollte eine Spur davon zeigen. Er pflanzte die Glyzinie, allen Warnungen vor Frost und allen Bedenken, wie ungewohnt man doch auf solcher Höhe dieses im Grunde den wärmeren Ebenen zugehörigen Kletterstrauchs sei, zum Trotz, und während sich die Tage in jenem Stadthaus verdüsterten, es zuerst aufgeteilt, dann verkauft wurde, wuchs weitab in Rovina die Glyzinie, stetig, zäh, überdauerte Winter für Winter, und wenn wir im Sommer hinaufkamen, schaukelte der Wind die zartfarbigen Blütentrauben immer tiefer ins Schlafzimmer hinein

Heute nicht unter der Glyzinie einschlafen zu können, nicht zu sehen, wie das letzte Licht die äußersten Blätter durchscheinend machte und dann in ihnen erlosch, ergriff mich wie ein Verlust. Lange hatte ich diesen Abend erwartet, diesen alles verändernden Sommer, wie ich in der Unkenntnis meiner selbst erhoffte. Von Rovina wollen wir fortgehen, hatte ich zu Fabrizio gesagt, bis hinauf zu dem Abhang, wo die Brombeeren wachsen, dort ist ein Wäldchen, an klaren Tagen kann man es sogar vom Haus aus sehen, ein Wäldchen wie zwischen Himmel und Erde, je nach dem Stand der Sonne leuchtet es grün oder golden aus der meist etwas düsteren Bergwand hervor, so und ähnlich redete ich zu Fabrizio, nur dieser entlegene Ort schien meinen freudigen fliegenden Ahnungen zu entsprechen. Fabrizio schaute mich an, er hielt eine Antwort wohl für überflüssig, seine Augen, von einem Dunkelbraun, das sich manchmal, wenn er schwieg, von innen her noch mehr verdunkelte, drückten Verlangen, Zögern, die Frage aus, was in mir vorgehen mochte. Doch dann erfand er schnell einen Anlaß, mich zum Lachen zu bringen. Fabrizio konnte eine unwiderstehliche Komik entwickeln, der ich mich sofort hingab, alle eben aufgekommene Unruhe fiel ins Nichts

Inzwischen hatten wir die oberen Wiesen von Rovina erreicht, die nur noch teilweise gemäht wurden, das Gras stand aufgeschossen, ausgesamt, eine ebenso allmähliche wie ungestüme Verwilderung ergriff Besitz von den obersten Wiesenstücken, nicht so sehr Kastanien, die ihre alten Standorte behaupteten und nur da und dort abgedorrte Äste über die Wildnis emporstreckten, vielmehr Eschen, niederes Eschengehölz in Unzahl, auch kleine, noch ganz silberweiße Birken. Ich aber dachte an das Haus in Rovina wie an etwas Selbstverständliches, das man plötzlich eines Tages verrät, ohne es zu wollen, verlassen sah ich das Schlafzimmer vor mir, zu dessen offenem Fenster die blauvioletten Glyzinienblüten hereintrieben auf das leere Bett, während wir uns weiter und höher hinauf entfernten, sorglos alle praktischen Dinge vergessend. Hatten wir auch nur eine dünne Wolldecke mitgenommen? Ich erinnere mich nicht, ebensowenig an eine Jacke oder an einen Pullover, wie allem entäußert liefen wir in die laue Sommernacht hinein

Unverständlich jedoch war mir auf einmal, warum wir dieses Schlafzimmer mieden, das eigentlich nur aus dem großen harten Bett bestand, außerordentlich kurz doch breit, in das man sozusagen von der Tür her hineinsprang, und das unmittelbar ans Fenster grenzte, so daß wir nicht nur unter den Glyzinientrauben lagen, sondern auch schon fast unter dem Himmel selbst. Drängten uns die Schatten von Generationen aus diesem Bett fort? Die gekalkten Wände waren zwar weiß, restlos weiß, aber wir konnten nicht fassen, was mit uns geschah, alles war unvorstellbar, ereignete sich nur mit uns, und zum erstenmal in dieser Welt. Vielleicht flohen wir heute instinktiv dieses Bett, das nachts oft knarrte, von vergessenen Geburten, unversöhnten Toden, und in dem ich doch eingeschlafen war, Abend für Abend, Fabrizio ganz nah neben mir, noch glühte er beinahe von der Tageswärme, Johannisbeergeruch an den Fingern, das schwarze Haar feucht von der Hitze und stärker als sonst gelockt, und erst spät in der Dunkelheit das Leintuch leicht heraufgezogen, die Glyzinien nachtfarbene Girlanden vor dem Himmel, und wir, selbstvergessen treibend zwischen Schlafen und Wachen, hörten auf die letzten Geräusche Rovinas. Giudittas Pharaonenhühner scharrten unter dem Holunderbusch, Fabrizio, mit von Müdigkeit schon etwas schwerer Stimme, ließ alle tagsüber in den Nachbarhäusern geschehenen Ereignisse nochmals aufleben, die Erzählung oft plötzlich intensivierend durch wiederholtes Imitieren oder Aufsitzen im Bett, bis ich hell auflachte, irgendwann dann doch eingeschlafen sein mußte, von neuem erwachte, deutlich das leise Schwanken der Glyzinien wahrnahm, mit schläfriger Stimme die Erzählungen Fabrizios variierte, bis keine Antwort mehr von ihm aus dem Dunkel kam, auch vom Holunderbusch her kein Laut, und ich meiner selbst kaum mehr bewußt nur noch dalag, in den schwerelosen Wellen der Nacht, glücklich, glücklich

Das Wogen der Kamillensträucher hatte zugenommen. Das Meer verlor mit einemmal alles ruhige Fälteln und Kräuseln, das eben noch weiche Hinplanschen des Wassers verwandelte sich mehr und mehr in ein Anprallen, Anstürmen. Die Meduse näherte sich mir, ein rötlichviolettes Glasgebilde, paradiesisch lockend in ihrer Urgestalt. Senkrecht hingen jetzt die Fangfäden hinab. Nein, deutlich wußten wir nicht, warum wir damals von Rovina aufgebrochen waren, hinauf in die Nacht, ein Traum in uns drängte auf das Erwachen hin, führte uns unerbittlich seinem Ende entgegen. Darum waren wir vielleicht auch so wenig beredt, und was mich einmal, anderswo, unerwartet, auf die andere Seite des Traums getragen hätte, starkes Begehren, wich auf jenem Weg durch die Kastanienwälder völlig von mir. Nur der durchsichtige Bodensatz unserer Liebe, die unerklärliche Freude aneinander, verließ mich nicht, umhüllte mich wie ein Schleier, und wie hätte mich Begehren retten können, da ich mich doch mit Fabrizio als eins empfand, seit jeher, von Grund auf, und ich nur oft, immer und immer wieder, seine glatte, seltsam lebhaft von kühleren Temperaturen in sanfte Wärmegrade hinüberspielende Haut anfassen, riechen, auskosten mußte, diese Haut, die mir als die einzige, ebenso unfaßbare wie zauberhafte Trennung unseres inneren gemeinsamen Lebens erschien

Im Freien, durch nichts abgeschnitten von Himmel und Erde, oder wie im Innern der Welt, hatte ich Fabrizio gegenüber wiederholt, in jenem an klaren Tagen sichtbaren Wäldchen über Rovina, denkst du nicht auch? Dieses Wäldchen, ohne daß wir weitere Pläne entworfen hätten, nahm für uns eine wachsende Bedeutung an, fast löschte es die Person von Fabrizio aus, und letztlich auch die meine. Dennoch sehe ich uns, überscharf, zwischen den schlanken Birkenstämmen hinaufgehen, die im Abendlicht beinahe intensiver leuchteten als mein ärmelloses weißes Kleid, an dem ein paar Grassamen klebengeblieben waren, haben wir wirklich so wenig miteinander gesprochen? Dabei waren wir umgeben von allem, was wir hinlänglich zu kennen glaubten, den unzählige Male begangenen Weg durch die aufgeschossenen Wiesen, das Eschendickicht, weiter unten die Dächer Rovinas, und um uns die ganze unmerklich dunkelnde Welt. Bei der nächsten Wegbiegung tauchte nochmals der sich nach oben verjüngende Kirchturm auf, mit den zwei offenen Glockenstühlen, aus denen beim Läuten die Glocken in die Luft hinausschwangen, oder scherenschnittartig vor dem Hintergrund des Himmels hingen, den ganzen Winter über hingen sie so, wie von der Kälte gefroren, auch der Sommer hätte vielleicht nie mehr ein Läuten gehört, wenn wir Fabrizios Onkel nicht bestürmt hätten, den Glockenturm wieder aufzuschließen, die Seile instand zu setzen, und uns in das Hämmern mit den Schwengeln der zwei kleineren, allerdings immer noch beträchtlich großen Glocken einzuführen. Es wurde unsere abendliche Leidenschaft, in die oberste Turmöffnung hinaufzuklettern und, im strengen Wechsel, die Schwengel gegen den Glockenrand zu schlagen, nach dem eigentümlichen synkopischen Rhythmus, mit dem uns Fabrizios Onkel bekannt gemacht hatte. Er hatte sogar seine früher nur für diesen Gebrauch bestimmten schwarzen Lederhandschuhe wieder hervorgeholt. Fabrizios Onkel hatte seit jeher in Rovina die Aufsicht über das Läuten innegehabt, doch Jahre lang hatte er den Glockenturm nicht mehr betreten, er begab sich nur allabendlich zur Zeit des Läutens auf den übergrasten Kirchplatz und starrte, mit dem Rücken zum Turm, in die ferne Ebene hinunter. Es mochte vorkommen, daß bei besonderem Wind von irgendwo ein schwacher Glockenton heraufdrang, während Rovina in vollkommener Stille lag. Auch jetzt war mir, ich sähe Fabrizios Onkel auf dem halbrunden Kirchplatz stehen, die schmale schwarze Silhouette dort, das konnte nur er sein, niemand sonst in Rovina trug tagaus tagein eine schwarze Kleidung, sie war zwar schon speckig glänzend an einigen Stellen, doch durchaus noch vornehm. Fabrizios Onkel hing sie jede Nacht an die Luft hinaus, bürstete und schüttelte sie, und wenn er so, die schwarzen Lederhandschuhe angezogen, zum Läuten beim Glockenturm erschien, schlug uns seine verkommene Eleganz stets von neuem in Bann. Er hingegen muß uns oft von unten beobachtet haben, wenn wir oben, auf den Simsen der Turmöffnung sitzend, die Schwengel gegen das Glockeninnere hämmerten, völlig von unserer ohrenbetäubenden Tätigkeit in Anspruch genommen oder im Anblick des andern verloren. Ich konnte mich nicht sättigen an Fabrizios sonnengebräunter, von Schweiß schimmernder Haut, seinen dunklen, von der Konzentration auf die Schläge geweiteten Augen. Flink, leicht, als hielte sein Körper ein Übermaß an Kraft spielerisch zurück, beherrschte er den Rhythmus, mit seinem ganzen ihm verbliebenen Knabentrotz warf er sich in das Behämmern der Glocke und widersetzte sich zugleich ihren

Schwingungen, und ich, noch atemlos vom Vollführen meines Teils und bereits auf den nächsten gerichtet, sog wie im Rausch seine Bewegungen auf, für wenige Augenblicke in eine wunderbare Passivität getaucht. Blitzartig sah ich in tief erleuchtete Wunschlandschaften, in denen mein innerstes Dasein mit Fabrizios Wesen sich vermischte, ineinanderfloß, zusammenströmte, ungeheuerlich und unbeschnitten, mein Kind, mein Geliebter, mein eigenes Blut, die Schwengel hämmerten, mein Körper vibrierte bis in die Fußspitzen, als wollte er sich wie eine Glocke aufbäumen und gegen den Glockenbalken schlagen, unverletzlich und zugleich bedroht sah ich Fabrizio in dieser schwindelnden Höhe, bedroht durch was, bedroht von wem, von welcher Zukunft, welcher Sterblichkeit? Doch jetzt stemmte Fabrizio den Schwengel von sich, die Reihe war an mir, rückhaltlos gab ich mich den entfesselten Schlägen hin

Einmal beugte ich mich zum Kirchplatz hinab, im selben Augenblick senkte Fabrizios Onkel den Kopf und verschwand im Glockenturm. Dort fanden wir ihn, wenn wir herunterkamen, mit langsam ausholenden Armbewegungen am Glockenseil ziehend, er löste unser Behämmern der zwei helleren Glokken durch das Läuten der schweren dunklen ab, wortlos hing er am Seil. Er schien alles zu wissen. Aber war dies nicht ein leichtes, die Glockentöne holten auch noch die geheimstgehaltenen Zärtlichkeiten aus uns heraus und verbreiteten sie über unser beider Wesen, sie waren zu gewaltsam und zu neu für uns selbst, als daß wir ihr Hervordringen hätten hindern können, fürchteten wir doch bereits, daß jeder Kuß sichtbar wurde, wenn wir in Rovina vor das Haus traten, aber jetzt hörten wir keinen Laut. Unbeweglich stand die schwarze Silhouette von Fabrizios Onkel auf dem Kirchplatz, wartete er denn auf uns? In der Tat hatten wir niemandem in Rovina etwas von unserem Weggehen gesagt. Fabrizios Onkel würde eben für einmal nur die große dunkle Glocke läuten, wir hatten uns schon vorgestellt, wie ihr Klang uns weiter und weiter hinauf bis an den Rand der Kastanienwälder begleiten würde, kaum merklich geschwächt durch das Eschendickicht, beständig, unerschütterlich würde ihr Klang uns nachschwingen, indessen mußte die Zeit des abendlichen Läutens längst überschritten sein, doch kein Ton ließ sich aus Rovina vernehmen. Fabrizio, der sich umgedreht hatte und ebenfalls die schwarze Gestalt auf dem Kirchplatz fixierte, legte plötzlich den Kopf auf meine Schulter. Auch mich erfaßte Verwirrung, Erschrecken über das Ausbleiben der Glocke, als wäre in den leuchtenden Mittelpunkt meines Körpers eine Lücke gerissen worden, und zugleich fühlte ich mit Unruhe, wie Fabrizio sich einer vagen Erleichterung überließ. Vielleicht war ihm das überbordende Glockengeläute schon öfters zuviel geworden, meine ungezügelte Freude, mein ungezügeltes Leid, mit allem stürzte ich vor Fabrizio hin, mit meiner Glückseligkeit, meinen Finsternissen, du mußt alles wissen, alles! drückten meine Umarmungen aus, das Leben überwältigte mich

Erneut blickten wir auf den Kirchplatz hinab, als hätten wir vorhin ein Trugbild wahrgenommen und wollten uns jetzt eines gewohnten Anblicks versichern. Aber Fabrizios Onkel stand immer noch dort, bewegungslos, eine fast schmerzlich scharfe Silhouette in dem nun in den letzten Abendglanz getauchten Rovina, und die absolute Stille ringsum ließ uns ahnen, was wir gern aus unseren Vorstellungen verbannt hätten: wie einsam die Wintermonate in Rovina sein mußten, wenn Fabrizio und ich sowie die übrigen Sommerbewohner fortgegangen waren, und Fabrizios Onkel und dessen Schwester, Giuditta, allein zurückblieben, und kein Glockengeläut mehr die rasch eindunkelnden Abende unterbrach, denen an den Himmelsrändern eine Glutröte vorausging, die an Intensität dem grellen Licht tagsüber nicht nachstand, das vor allem im Dezember derart blendete, daß Giuditta einmal sagte, als wir Reisigbündel um Reisigbündel ins Feuer warfen, wir würden anders mit dem Holz umgehen, wenn wir es selbst gesammelt hätten, nein, überhaupt hätten wir keinen Begriff davon, was der Winter hier oben sei, in dieser Sache wären wir Profane. Stets erfasse sie ein Schwindel beim Holzsammeln, verursacht durch das gebückte Gehen über die angestrahlten Abhänge, obwohl sie sich meist mit dem Rücken zur Ebene hangwärts bewege, und wenn sie einmal, die Handflächen über die Stirn haltend, doch hinuntergeblickt habe, meinte sie in den tiefergelegenen Dörfern wie früher bunte Weihnachtskugeln an den Bäumen zu sehen, aber es waren nur die orange leuchtenden Kaki an den blätterlosen Zweigen. Hätten wir nicht doch Giuditta, sagte ich zu Fabrizio, eine Andeutung machen sollen, sie hätte vielleicht ihren Bruder zum Läuten überreden können, so als würden wir gleich, nur von irgendwoher leicht verspätet, auf dem Kirchplatz eintreffen, aber erinnerst du dich denn, fragte Fabrizio, nicht mehr an heute mittag? Als wir um die Mittagszeit ins Haus zurückkehrten, waren wir in einer der oberen Wiesen auf Fabrizios Onkel und Giuditta gestoßen, die sich im Schatten der angrenzenden Eschen vom Heuen ausruhten, das Gesicht gegen den Grasboden gedrückt, die Füße in großer Nähe, doch die Körper, wie eine offene Schere, voneinander wegstrebend. Fabrizios Onkel, den schwarzen Kittel über den Kopf gezogen, schien kaum zu atmen, während die etwas füllige Gestalt Giudittas, die ihre eine Gesichtshälfte mit dem weißlichen Halstuch, das sie ihr Schweißtuch nannte, bedeckt hatte, von regelmäßigen Atemzügen bewegt wurde. Die beiden, von unserem Näherkommen nicht aufgeweckt, lagen in einer solchen Unerreichbarkeit vor uns, die weniger mit ihrem augenblicklichen Schlaf zu tun hatte als mit dem plötzlich darin sichtbar werdenden Abgrund ihres völlig von uns unterschiedenen Lebens, daß jede Absicht, zumindest Giuditta eine Mitteilung über unser abendliches Weggehen zu machen, in mir wie in Fabrizio verstummte

Giuditta wäre bestimmt auch nicht um die Zeit des Glockenläutens vom Materialaufzug wegzubringen gewesen, das Geläute von Rovina war das Zeichen für die Talstation, etwaige Ware hinaufzubefördern und den Gegentransport abzuwarten, obwohl Giuditta längst keine Milchkannen mehr hinunterschickte. Aber sie begab sich dennoch Abend für Abend, sogar wintersüber, zur selben Stunde zum Materialaufzug und beobachtete die dunkle Öffnung des Bretterverschlags der Talstation. Meist, beinahe immer, blieb das Klingelzeichen im Kurbelapparat aus. In den Sommermonaten allerdings setzte ein oft reger Warenverkehr ein, alte Matratzen, Kommoden wurden hinabbefördert, Kochherde, Fernseher heraufgeschickt. Fabrizios Onkel benützte die Gelegenheit, um sich neue Maschinenteile zu beschaffen, er hoffte, Giuditta würde im allgemeinen abendlichen Gedränge um den Materialaufzug die für ihn bestimmte Ware nicht besonders beachten, aber natürlich war diese stets unübersehbar, von ungewöhnlichem Gewicht und Ausmaß, was oft einen zusätzlichen Transport erforderte und Giudittas Zorn anschwellen ließ. Fabrizios Onkel, sobald er das Ankommen einer Maschine oder eines neuesten Ersatzteils witterte, bereitete sich besonders umständlich auf das Läuten vor und schritt, mit seinen schwarzen Lederhandschuhen, würdevoll zum Glockenturm, blieb auch sonst tunlichst dem Materialaufzug fern, als würde so jede Beziehung zwischen seiner Person und der von ihm bestellten Ware aufgehoben, und als langte die neue Maschine gänzlich gegen seinen Wunsch und Willen oben in Rovina an. Giuditta, die das Abholen und Verteilen der Ladungen genau überwachte, nahm das Anerbieten der anderen Bewohner Rovinas, das für Fabrizios Onkel bestimmte Frachtstück mit sich zu nehmen, insoweit an, daß sie es lediglich bis vor den Unterstand des Materialaufzuges hinaustrugen, aber auf keinen Fall auch nur einen Zentimeter weiter. War das geschehen, ging Giuditta mit raschem, doch beherrschtem Schritt in ihr Haus und kam mit einem roten Handtuch zurück, das sie wie eine Signalfahne, weithin sichtbar, auf der an Fabrizios Onkel gerichteten Sendung befestigte

Die wachsende Maschinensammlung in der Werkstatt von Fabrizios Onkel mußte Giuditta tatsächlich beunruhigen. Er war der Schreiner Rovinas geworden, mehr aus seinem Interesse für die dafür erforderlichen Maschinen denn aus Profession heraus, doch nachdem er einige sorgfältige Proben seiner Kunst abgegeben hatte, war man übereingekommen, ihm sämtliche Arbeiten und Reparaturen an Türen, Schränken, Fensterläden, Treppengeländern zu überlassen. In gewissen Sommern häuften sich die Aufträge derart, daß sie Fabrizios Onkel bis weit in den Winter hinein beanspruchten, aber trotzdem stand seine kontinuierliche Anschaffung von Maschinen in keinem Verhältnis dazu. Je mehr Maschinen nach Rovina heraufbefördert wurden, desto weniger Aufträge führte er aus. Giuditta erhitzte der Anblick ihres Bruders, in seiner schwarzen Kleidung, die nicht den kleinsten Sägespan aufwies, zwischen den Maschinen sitzend über eine mehrsprachige Anleitung gebeugt, mit der Zeit so sehr, daß sie davon Abstand nahm, die Werkstatt überhaupt noch zu betreten. Wenn sie manchmal dennoch zum Haus von Fabrizios Onkel hinauflief, das er restlos zur Werkstatt umgewandelt hatte, und erleichtert ein Sausen, Knattern und Rattern von Maschinen feststellte, beschlichen sie doch auch sofort wieder Zweifel, ob ihr Bruder wirklich arbeitete oder nur, in das Studium der Maschinenanleitungen vertieft, irgendeine raffinierte Möglichkeit ausprobierte, so daß sie beschloß, sich gar nicht mehr dem Haus ihres Bruders zu nähern und, wie gesagt, bei Ankunft einer neuen Maschine sich damit begnügte, als Signal das rote Handtuch daran zu knüpfen, das Fabrizios Onkel allerdings oft genug wie eine warnende Flamme vom Unterstand des Materialaufzugs her entgegenschlug. Das Ankommen einer neuen Maschine war indessen das einzige Faktum, das Fabrizios Onkel einigermaßen in Verlegenheit brachte, die unausgeführten Aufträge jedoch keineswegs. Diese versetzten ihn im Gegenteil in einen angenehm aufgeregten Zustand, die Sommerzeit über begegnete er ja dauernd seinen Auftraggebern, in den Häusern von Rovina, auf den Wiesen, beim abendlichen Bocciaspiel, und jede Wiederbegegnung war ihm ein Anlaß, selbst das Gespräch auf eine unabgeschlossene Arbeit zu lenken, sich auf das umständlichste für die Verzögerung zu entschuldigen, sowie lebhafte Beteuerungen und Versprechen über baldiges Abliefern zu geben, Samstag! pflegte er zu sagen und dabei heftig beide Hände der betreffenden Person zu drücken, nächsten Samstag! Sein südlich gelbes Gesicht überflog dabei, hin und wieder, etwas wie der kurze Schatten einer Scham, aber offensichtlich war es ihm eine reizvolle Beschämung und unaufhörlicher Grund, zu fast allen Bewohnern Rovinas eine ihn durchaus nicht belastende, sondern eher anregende Beziehung zu unterhalten. Die längstandauernde und bekannteste Beziehung diesbezüglich war die zu Giuditta selbst, der ein Pfosten des Treppengeländers entzweigebrochen war, Samstag! rief er ihr des öftern, vor allen andern, beim Bocciaspiel zu, Samstag, Giuditta, werde ich auch dich zufriedenstellen, Samstag wirst du wieder eine makellose Treppe hinuntersteigen! worauf Giuditta seit langem kein Wort mehr erwiderte, nur ihre grünlichen Augen auf den Bruder richtete und, noch bedächtiger als sonst, die Bocciakugel zwischen den Händen wog, hin und her, her und hin

Die Meduse verharrte jetzt in meiner Nähe. Ein Zukken von Licht ging durch sie hindurch, als widerspiegelte sie kurz den Glanz eines Stücks wolkenlosen Himmels. Wie von zunehmend leichterer Materialität erschien sie so, und glaubwürdig war mir auf einmal, was man über die Medusen erzählt, daß sie, von den Wellen auf den trockenen Strand geworfen, innerhalb raschester Zeit zugrunde gehen, indem sie einfach verdunsten, sich in nichts auflösen. Und gegen diese zwar gefährlich leuchtenden, doch so leicht zerstörbaren Medusen hatte ich mich derart gewappnet. Auch heute trug ich in der Hand die Sandalen aus beinahe transparentem Plastik, die mir Fabrizio zum Schutz vor den Medusen geschenkt hatte. Wie triumphierend hatte Fabrizio die Plastiksandalen geschwungen, als er vor Jahren zwischen den Sanddünen herabkam, unsere Plastiksandalen, unsere geflügelten Schuhe! Plötzlich überkam mich ein Bedürfnis, die Meduse, vor der ich mich sonst beim Hineinwaten, Hinausschwimmen ins Meer so geängstigt hatte, in die Hand zu nehmen, ihre Rundung zu fühlen, ihre Glätte, ihre Kühle, als wäre es eine Bocciakugel von Rovina

Je unebener der Kirchplatz wurde, desto mehr Bedeutung maßen wir der Beschaffenheit der Bocciakugeln zu, unsere übertriebene Sorge rechtfertigte allerdings auch allein, daß wir überhaupt auf diesem Platz noch spielten, wo die Wurzeln des alten Feigenbaums heraufdrückten und Gras und Unkraut die Spielfläche überzogen. Aber die Bocciabahn anderswohin zu verlegen war für sämtliche Bewohner Rovinas undenkbar, hier hatte man sich seit jeher, Abend für Abend, versammelt, auch war von einer früheren Generation nicht ohne Überlegung gerade ein Feigenbaum gepflanzt worden, denn er behelligte die Bocciabahn keineswegs mit herunterfallendem Laub, und wenn die riesigen Feigenbaumblätter, aus denen nur manchmal ein milchweißer Tropfen rann, endlich gegen Ende des Jahres goldfarben welkten, hatten alle Sommerbewohner Rovina längst verlassen, und über den Kirchplatz rollten keine Bocciakugeln mehr. Wütete aber einmal der Sturm, war der große Feigenbaum, allein auf dem Kirchplatz, der schutzloseste aller Bäume, und was sonst seine Pracht war, die auf langen Stielen federnden breitflächigen Blätter, wurde sein Verhängnis, und hatten wir auch manchmal den Feigenbaum seiner Wurzeln wegen verwünscht, so glich doch seit dem letzten Hagelwetter, unter dem erschreckend gelichteten Baum, kein Spiel mehr den vorhergegangenen, da noch sein kompakter abendgrüner Schatten über die Bahn gefallen war. Beschämt übten wir uns wieder in der Geschicklichkeit, die Unebenheiten des Bodens bei jedem Wurf aufs feinste vorauszuberechnen. Giuditta war hierin unüberbietbar, als wäre sie von klein auf, Tag für Tag, ja stündlich, mit dem Feigenbaum gewachsen und wüßte um die geringsten Veränderungen oder Verdickungen seiner Wurzeln. Während sie mit einer Konzentration, die an Abwesenheit grenzte, die Augen prüfend auf den Kirchplatz richtete, liebte es Fabrizios Onkel, die Kugel mit einem legeren Wurf von sich zu schleudern, Null! rief er begeistert, wenn sie weit über die anderen Kugeln hinausschoß und ergebnislos von der niedrigen Mauer zurückprallte,

Null, Null, noch einmal eine Null! Beinahe hätte ich ihm anfänglich seine Untalentiertheit im Bocciaspiel geglaubt, bis ich gewahr wurde, wie unauffällig und präzis er im letzten Moment eine entscheidende Kugel zu plazieren wußte. Fabrizios Onkel, der enthusiastische Verlierer, war unumstritten der geheime Dirigent aller Spiele. Nichts aber waren Gewinnen oder Verlieren gegen die Lust, die Bocciakugeln zu befühlen, zu wiegen, mit festem oder leichterem Druck ihre Kühle, ihre Wärme zu spüren. Jeden Abend spielte sich das gleiche Scheinritual ab, man wählte die Kugeln aus, obwohl natürlich jeder bereits ganz bestimmte Kugeln im Auge hatte, von weitem betrachtet sahen alle ziemlich ähnlich aus, erst in der Nähe wurden die subtilen Unterschiede bemerkbar. Fabrizios bevorzugte Kugeln wiesen eine rötlichbraune Maserung auf, meine hingegen waren fast schwarz. Ich behauptete stets, sie seien etwas schwerer als die übrigen doch ungleich glätter, oder erinnerten sie mich nur an die Glaskugeln, mit denen ich als Kind spielte, unter denen die tiefschwarz leuchtenden und die milchigweißen mir die liebsten waren, beim Einschlafen hielt ich oft eine Glaskugel mit beiden Händen umschlossen, als hielte ich so ein mich verstörendes Rätsel, das unfaßbar überströmende Dasein, mich selbst in diesem kleinen Punkt beruhigt versammelt

Vielleicht aber waren es vielmehr Fabrizios Augen, die mir aus den schwarzen Bocciakugeln lockend entgegensahen, blanke Überreste so mancher Umarmung, da er mich stürmisch ins Gras drückte oder ich, nicht weniger ausgelassen, ihn, und Fabrizio mich mit Liebkosungen übersäte, bis mein Gesicht glühte, und er, in kleinen Pausen seiner Wildheit, sich neben mich legte und die dunklen Augen auf mich richtete. Ich träumte, wir wären immer in Rovina geblieben. Was war es nur, das mich forttrieb? Ein Verlangen, großartig und unbegriffen, nach allen Möglichkeiten der Welt. Aber daß Fabrizio an die Berechtigung dieses Verlangens glaubte, den Anspruch auf soviel Erfüllung, wuchs nicht daraus allein der Zauber, der mich, uns beide unversehrt ließ? Vielleicht war meine Unruhe das Salz, mit dem wir vor der Fäulnis bewahrt blieben. Doch bitter in der Tat mußte Fabrizio diese kindlich feudale Blindheit mir selbst gegenüber geworden sein. Das unumschränkte Hinausverlegen aller meiner Ahnungen in die Welt wurde auch unsere Gefährdung, und wieviel Zeit meines Lebens brauchte ich später, die Totalität dieser veräußerlichten

Bildnisse zu zertrümmern in die innere Zwiesprache der Fragmente. Doch steht die schmale Silhouette von Fabrizios Onkel immer noch auf dem Kirchplatz von Rovina, die Hände auf dem Rücken verschränkt, den Blick hinab in die Ebene gerichtet? So sehr wir uns auch anstrengten, Fabrizios Onkel unter dem Feigenbaum oder hinter dem Glockenturm ausfindig zu machen, er war verschwunden

Dafür bevölkerte sich langsam der Kirchplatz mit den abendlichen Bocciaspielern, einige setzten sich, wie immer, auf die niedrige Mauer, andere bildeten eine lose Gruppe um die Bahn, die Partie begann. Befremdlich wollte es uns zuerst erscheinen, daß wir die Kugeln zwar rollen sahen, zögernd die einen, entschiedener die andern, doch nicht das geringste Geräusch von ihrem oft hellen Aufeinanderschlagen, Zusammenprallen bis zu uns heraufdrang. Rovina lag bereits im Schatten, nur hinter der Anhöhe, zu der unser Weg hinaufführte, war die Luft noch weißflammend vor Licht. Plötzlich aber durchbrach doch ein Laut die Stille, und völlig unklar war uns zuerst, woher er kam, aus der Höhe oder Tiefe, aus Rovina herauf oder von jenseits des Grats, bis Fabrizio rief, Giuditta! das ist die Stimme von Giuditta! und wir immer deutlicher Fetzen, Bruchstücke einer Melodie, nun sogar Worte vernahmen. Es war das Lied, das Giuditta seit der Auseinandersetzung mit ihrem Bruder in der Nacht unserer Ankunft nie mehr gesungen hatte, und untrüglich war sie es, die sang, mit ihrer etwas gepreßten, doch kräftigen und ungemein sicheren Stimme, quel mazzolin di fiori che vien dalla montagna, e se l'acqua me lo bagna e il sol l'asciugherà, aber wo befand sich Giuditta, vom Kirchplatz her konnte die Stimme jedenfalls nicht kommen, auch unterlag sie jetzt Veränderungen, Schwankungen, als würde der Schall durch eine rasch größer werdende Entfernung beeinträchtigt, lo voglio regalare perché l'è un bel mazzetto, war Giuditta zu so später Stunde noch zu den oberen Wiesen von Rovina hinaufgestiegen, doch was hatte sie dazu veranlaßt, lo voglio dare al mio moretto, die Töne wurden schwächer, verloren sich, questa sera quando vien

Beinahe gleichzeitig mußte in Fabrizio und mir der Gedanke aufgetaucht sein, ob Giuditta dennoch hin und wieder, obwohl sie dies abstritt, die Nevera aufsuchte? Giuditta hatte immerhin jahrzehntelang die Aufsicht über die Nevera von Rovina geführt, aber wir hatten uns nie um die nur in dieser gebirgigen Grenzgegend vorkommende Art von Eiskeller oder vielmehr Schneehaus gekümmert, der Konstruktion nach ein runder Brunnen, der aus der Erde herausragte, die Tiefe meterweise mit Schnee gefüllt, in dem die Milch gekühlt wurde, das Seltenste und Bewunderungswürdigste aber, das hatten wir allerdings oft gehört, soll die konische Form des Daches, ganz mit Granitplatten bedeckt, gewesen sein. Als vor einiger Zeit, infolge des Aussterbens von Rovina und der damit verbundenen vehementen Verwilderung großer Alpgebiete, die Nevera außer Gebrauch kam, bedeutete dies einen herben Einschnitt in Giudittas Leben, die viel von ihrem Stolz und Selbstverständnis aus ihrer tadellosen Aufsicht über die Nevera bezog, die übrigens gemeinhin in die Männerdomäne fiel, aber Fabrizios Onkel und Giuditta hatten sich die wichtigen Obliegenheiten von Rovina nie nach Geschlecht, sondern stets nach Befähigung zugeteilt. Fabrizios Onkel selbst wurde nicht müde, die besondere Eignung Giudittas für dieses Amt zu betonen, was er unter anderem Giudittas Schuhen zuschrieb, die, den Verhältnissen Rovinas Rechnung tragend, gewiß solid, aber eben doch etwas zierlicher wären, und somit den Schnee, der mit den Füßen in die Nevera hineingestampft werden mußte, noch genauer und akkurater zusammenpressen konnten. Giuditta, die zwar in eher männerartigen Schuhen auf Rovina herumlief, lächelte dann zuweilen, aber das Kompliment, das ihr Fabrizios Onkel ebenso häufig für ihre Erfindung, die Marder aus der Nevera zu verscheuchen, zollte, ließ sie sich gern gefallen. Schließlich war es wirklich nichts Leichtes, so kluge Tiere wie die Marder zu überlisten. Fabrizios Onkel rühmte das Bewegliche, Behende dieser Klettertiere, ihr Mißtrauen und ihre Vorsicht, ihren Mut und ihre Grausamkeit, viele schweiften ohne festen Wohnsitz in den Kastanienwäldern umher, ohne die verfallenden Ställe zu behelligen, doch ausgerechnet in die Nevera drangen sie immer wieder ein, und die penetrant riechende Flüssigkeit, die sie oft förmlich mehr herumspritzten als absonderten, ließ die Milch innerhalb weniger Stunden sauer werden. Wie war es überhaupt möglich, rief Fabrizios Onkel aus, den perfiden Gästen zuvorzukommen? Aber es braucht wenig, und dabei streifte er Giuditta mit einem respektvollen Blick, beinahe nichts, nur einen kleinen Einfall! Kurz, Giuditta hatte einfach etliche Holzstekken, an deren Ende sie schmale Streifen weißen Käsepapiers befestigte, durch die Mauerritzen der Nevera geschoben, wo sie im Innern, in der auf solcher Höhe nie ganz unbewegten Luft, fortwährend wie kleine Flaggen über dem gestampften Schnee flatterten und die ebenso unerschrockenen wie irritierbaren Marder augenblicklich in die Flucht schlugen

Jetzt war auch der letzte abgerissene Ton vom Eschendickicht verschluckt. Daß Giuditta die Nevera aufgesucht hätte, erschien uns sehr unglaubhaft, aus allen bruchstückhaften Erzählungen über die Nevera hatten wir immer geschlossen, daß sie sich viele Stunden entfernt von Rovina befinden mußte, ein näherer Standort wäre auch zweckwidrig gewesen, da die Nevera doch dazu diente, in den höhergelegenen Weiden die frische Milch bis zur weiteren Verarbeitung aufzubewahren, zudem hatte Giuditta stets behauptet, je einsamer und stiller eine Nevera, desto besser halte sich der Schnee, der Schnee sei äußerst lärmempfindlich, und sie hielt mit einer solchen Überzeugung daran fest, daß sich niemand darüber zu mokieren wagte. Fabrizio und ich traten erneut in eine große Gruppierung von Birken ein, die da und dort, regellos, den Kastanienwald unterbrachen, die vorhin weiß strahlende glatte Rinde war nun erloschen, und wo sie abgeblättert war, ging das Grau der Stämme unmittelbar in die Abendschatten ein. Wir bedauerten zum ersten Mal, daß wir uns so wenig bei Giuditta über die Nevera erkundigt hatten, vor allem jetzt, wo sie seit dem Vandalismus, wie sie sich ausdrückte, jede Auskunft über diesen Gegenstand verweigerte. Es mußte in der Tat schrecklich für Giuditta gewesen sein, die, sei es aus Gewohnheit oder Anhänglichkeit, die bereits außer Gebrauch gekommene Nevera noch weiter beaufsichtigte, als sie diese eines Abends buchstäblich zur Ruine zusammengefallen antraf. Nur noch einige, wahrscheinlich durch einen überstürzten Abtransport, zerbrochene Granitplatten lagen zerstreut herum, nichts aber sonst von dem Bedeutendsten, was eine Nevera auszeichnete, von dem kegelförmigen Dach. Niemand in Rovina konnte es sich erklären, daß keiner das gewiß mühevolle Zerstörungswerk zumindest von weitem wahrgenommen hatte. Aber das die Nevera umgebende Wäldchen hatte die Tat verborgen, denn wie jede Nevera hatte man auch diejenige von Rovina durch einen Standort zwischen Buchen und Eschen möglichst vor Sonnenlicht zu schützen gesucht, und Giuditta war besonders darauf bedacht gewesen, einen Gürtel von Schatten und Kühle zu schaffen, und hatte zusätzlich mehrere Ahornbäume gepflanzt, und so hatte das der Nevera einst förderliche Dickicht jetzt ihren Untergang begünstigt. Fabrizio war an jenem Abend spät noch, wie er dies oft tat, zu Giuditta hinuntergelaufen. Sofort beim Eintritt ins Haus befiel ihn die bange Vermutung von etwas Außergewöhnlichem, denn Giuditta saß nicht wie gewohnt seitwärts beim offenen Kaminfeuer, sondern direkt davor, mit dem Rücken zum Feuer, und starrte ihm entgegen. Ihre breite Gestalt, in der dunklen Kleidung, hob sich schwarz, fast drohend von den Flammen ab. Oder war plötzlich das Feuer zu etwas Bedrohlichem geworden, dieses Feuer, das Giuditta, Sommer und Winter, beständig unterhielt, das sie hütete, bewachte wie ein krankes Kind, das, so unglaublich dies uns auch vorkam, zeit ihres Lebens nie erloschen war? Dieses Feuer, kehrte es sich nicht mit einemmal gegen sie, schlug seine Flammen in ihren Rücken, loderte aus ihren Haaren, glühte in ihren Rockrändern, Giuditta, rief Fabrizio, Giuditta, du brennst! Giuditta aber erhob sich mit einem Ruck, ja! entgegnete sie aufgebracht, ich möchte am liebsten verbrennen, in meinem eigenen Feuer, bei lebendigem Leib! Giudittas Gestalt warf einen langen Schatten in die Küche hinein, hinter ihr brannte das Feuer jetzt ruhig, Giuditta schüttelte Fabrizio an den Schultern, zornig, ohnmächtig, alles geht zugrunde! sie haben die Nevera zerstört, auch die Nevera! die Nevera

Indessen waren wir in das kleine Tal gelangt, das sich hinter den Birkengruppen unversehens zu Füßen der Anhöhe ausbreitete, und so still war es hier auf einmal wie sonst nur an heißen Nachmittagen im Kircheninnern Rovinas, wenn Fabrizio mich unter dem Kuppeltürmchen umschlungen hielt, und das Gesumm einiger zwischen den kleinen Ovalfenstern umherirrender Fliegen die Lautlosigkeit noch intensivierte. Jedes Jahr, mit dem die Kirche außer Gebrauch stand, füllte ihr Inneres mit weiteren Schatten an, wir hatten sie nie anders gekannt, als in dunkles Dämmerlicht getaucht. Manchmal blitzte ein Kerzenständer, kräuselte sich eine Altartuchspitze, löste sich der Gips von den verschimmelten Wänden. Die Seitenfenster waren mit den in vergangenen Wintern angebrachten Schneebrettern verrammelt, nur durch die Ovalfenster des Kuppeltürmchens floß das Licht, vermischten sich die Gewitterwolken langer Sommertage mit den gemalten Kumuluswölkchen auf dem tiefblauen Himmelsgrund der Kuppel. Zwei Engelsköpfe, dicht aneinandergelehnt, so daß wenig von den kurzen schwarzen Flügeln sichtbar blieb, beugten sich am Rand über eine Balustrade auf den Betrachter herab, mit seltsam wissenden Augen. Recht im Gegensatz dazu nahm sich das dicke Händchen aus, das zwischen der Balustrade eine Zitrone hindurchzwängte, als wollte es sie einem auf die Erde hinab in den Schoß werfen, und das doch unzweifelhaft zu einem der herunterspähenden Engelsköpfe gehören mußte. Fabrizio zog mich aus dem muffigen Raum in den hellen Lichtkegel unter dem Kuppeltürmchen, und hier, in der durch den gemalten Himmel über uns wie entrückten Zone, führte er mich ein in das zärtliche und aufwühlende Reich des Geschlechts. Aber noch träumte mein Geist. So wie die Engelsköpfe sich über die Balustrade beugten, so neigte ich mich erst in die Kindheit der Liebe. Und wie uns dieser lichtdurchzitterte Bereich unter dem Kuppeltürmchen völlig von Rovina losgelöst erschien, so ereigneten sich jene ersten Umarmungen, von Beben, Stummheit und Lust gleichermaßen überschäumend, wohl jenseits des Lebens, näher vielleicht bei den Toten, doch gewiß außerhalb aller Zeit. Ein Frohlocken brach aus mir, als hätte es Fabrizio in der tiefsten Ferne meiner selbst geweckt, nicht einander anzugehören schwor ich ihm unter dem Kuppeltürmchen, sondern vor allem auf dieses Etwas zu vertrauen, das sich regte wie ein Wetterleuchten in mir. Wie ich danach ins Freie stürmte! Dieser Hunger nach Weite, rasendem Laufen bis zur Erschöpfung, und die Sicherheit, daß Fabrizio mich einholte und ins Gras drückte. Giuditta stand unter der offenen Tür, hinter ihr dampfte die Polenta, zum Auskühlen über die ganze Tischplatte gestrichen. In früheren Zeiten Rovinas muß dies ein üblicher Anblick gewesen sein, wir erinnerten uns zwar nicht mehr an die schon im Morgengrauen von den Frauen verlassenen Häuser, in denen die heiße Polenta auf dem Tisch gedampft haben mußte, zuerst gewaltig, in parallel aufsteigenden Schwaden, dann allmählich luftiger, durchsichtiger, bis sich die allein gelassenen Kinder begierig dem Tischrand näherten, zuerst zurückzuckten, wenn die Polenta noch zu warm war, später den Finger in die langsam erkaltende Masse bohrten, obwohl die Sonne noch nicht die vordersten Steinplatten des Küchenbodens beschien, und es also Zeit gewesen wäre, den Hunger zu stillen. Doch eine andere Art Gier ließ sie oft mit beiden Händen in den lauen Brei greifen und darin herumwühlen, vielleicht erinnerte er sie an die Mutterhaut, während die Frauen, auf abgelegenen Felswegen, die Ziegen vor sich hertrieben, Steine aus entfernten Feldern warfen, oder in der Spinnerei, unten in der Ebene, sich über strudelnd heißes Wasser beugten und nach den Seidenfäden fischten, naß vor Schweiß, dem Umfallen nahe in der tropischen Hitze, die Arme krebsrot, oft genug schon verbrüht. Aber Giuditta hatte nie eigene Kinder gehabt. Nur Fabrizios Krauskopf hatte sie manchmal, als er noch klein war, heftiger als sie wollte an sich gedrückt. Polenta kochte sie regelmäßig und strich sie, wie alle Frauen in Rovina das gemacht hatten, auf die Tischplatte. Ab und zu, wenn sie in die dampfende Masse starrte, zog sich etwas in ihren Eingeweiden schmerzlich zusammen, ihr war, sie müßte etwas ihr Unbekanntes ausstoßen, das sich ihr trotzdem doch sehr klar unter dem Bild einer Nachgeburt ins Bewußtsein drängte, die sie von den Tieren her nur zu gut kannte. Mitten im Sommer ergab sie sich einem langwierigen trockenen Husten und legte abends, wenn Fabrizios Onkel verschiedene Maschinenkataloge bei ihr durchsah, heiße Polenta, in ein Gazetuch gewickelt, auf die Brust, was ihr die Empfindung gab, ein Neugeborenes auf der Haut zu fühlen, und dann schloß sie bisweilen die Augen, die voll Wasser standen, um von Fabrizios Onkel unbemerkt zu bleiben

Polentaschnitten!

Bei Giuditta gibt es heute abend Polentaschnitten, schrie Fabrizio und sprang mit verdoppelter Geschwindigkeit hinter mir her, Giuditta lachte über das Gerenne, diesen plötzlichen Wirbelwind vor ihren Augen. Ich hatte im Vorbeiflitzen gerade noch flüchtig ihre dunkle breite Gestalt vor dem aufsteigenden Dampf erfaßt, der sie in eine Art Unwirklichkeit tauchte, so wie mir das in der Kälte früher Herbstmorgen heiß ausgewaschene Nachthemd, unter den Dachbalken zum Trocknen aufgehängt, in dem es umwolkenden Wasserdampf oft wie eine von mir abgelöste Haut erschienen war. Fabrizios schneller Atem hinter mir aber ließ mich nicht mehr zurückblicken, mindestens bis in das kleine Tal hinter den Birkengruppen wollte ich es bringen. Dort, im warmen Schatten der Anhöhe, beendigte ich mein Ausreißen und ließ mich von Fabrizio überwältigen. Es war jedoch in der Folge meist Fabrizio, der vor mir, ganz still, wie in die Erde gegossen dalag, wohl berechnend, welche Einladung dies für mich darstellte, und ich drückte mich denn auch unverzüglich auf ihn, das Gesicht bald zu ihm, bald zum Himmel gekehrt. Die Welt schloß sich, eine wasserblaue Kristallkugel, um uns. Darin schwammen die Birken, der Kirchturm von Rovina, die Holunderbüsche auf dem Kopf an uns vorüber, sanken den Horizont hinab, kehrten wieder, während wir einander von unseren Ängsten erzählten, unseren geheimen Kämpfen. Aber mir geriet die Schilderung meiner Auflehnung so leicht, als würde ich eher ein unbekanntes Glück beschreiben, denn fühlte ich nicht Fabrizios Körperwärme unter mir? Sein jeder Unterdrükkung fernes Wesen gab mich ununterbrochen mir selbst zurück, wodurch er mich zu den größten Verschwendungen befähigte. Fabrizio seinerseits, getragen, erregt von unseren gegenseitigen Entdeckungen, begann, nicht ohne die Wonnen übertriebener Genauigkeit, sein Wissen über die Rätsel des Geschlechts vor mir auszubreiten, und ich genoß seinen Redeschwall als ein süßes Spiel. Dann verstummte er, ich spürte nur noch seine Wangen im Nacken, seinen Atem, sein krauses Haar. Am Berghang gegenüber ließen die Abendschatten die einstige Terrassierung schärfer hervortreten. Doch wir hatten die Hanfblüten, den Weizenschaum, die Maisfelder nicht mehr gekannt, nur noch das im Frühjahr üppig hochschießende Grün, das fahle Gras danach, und im Herbst das Knistern der dürren Halme. Hin und wieder verirrte sich ein Motorradfahrer auf die steilen Hänge und raste in bedenklichen Schleifen, die eher Sprüngen glichen, von Terrasse zu Terrasse, mit einem bei der Entfernung fast unwirklichen Lärm durchkreuzte er unsere schwimmend blaue Weltkugel, ohne eine Erschütterung zu hinterlassen, als wäre er eine jener Fliegen im von der Sommerglut erhitzten Kuppeltürmchen, deren endloses Herumsirren die Selbstvergessenheit unserer Umarmungen nur noch verstärkte

Ans Ende des kleinen Tals gelangt, schlugen wir den gratähnlichen Weg ein, der über die Anhöhe führte, doch nach wenigen Schritten blieben wir beide unwillkürlich stehen. Es war der Punkt, wo man unverhofft, nachdem man Rovina bereits aus den Augen verloren glaubte, aus nun schon beträchtlicher Höhe noch einmal auf den Kirchturm und vor allem fast senkrecht auf das große Steinhaus heruntersah, das, von der Glyzinie umrankt, den Blick seltsam hinabzog. Nichts rührte sich vor dem Haus, keines der Pharaonenhühner Giudittas hastete zwischen den Johannisbeersträuchern umher, und weder Giuditta selbst noch Fabrizios Onkel waren zu entdecken, die sich doch meist beim Eindunkeln bei uns trafen, um eine Weile auf den noch warmen Steinplatten zu sitzen. Wir verloren uns in den Anblick des verlassenen Hauses, als würde es vor unseren Augen versinken wie ein Geisterhaus. Doch plötzlich fühlte ich, wie mich Fabrizio heftig an den Schultern faßte, bleib, bleib so stehen! hörte ich seine Stimme rufen, verwundert drehte ich den Kopf und sah sein Gesicht, seine ganze Gestalt von einem kupferfarbenen Glanz überflossen. Und auch ich mußte in diesem fremdartigen, nie gesehenen Licht strahlen, denn Fabrizio rief immer von neuem, wie du glänzt, rühr dich nicht! Wir konnten es nicht fassen. Die Sonne war doch eben untergegangen, aber ein letzter Widerschein war wohl, wie eine Phantasmagorie, auf diesem Grat verblieben und tauchte uns in seine zauberische Flut. Wir hielten einander, staunend und hingerissen, an den Schultern. War es ein Strahlen aus der Tiefe der Welt, das uns durchglühte, oder unsere Zusammengehörigkeit, die aus der Verborgenheit unseres Bluts aufloderte? Unmerklich verlor der Glanz an Intensität, dunkelte langsam, bis uns nichts mehr von der abendlich grauen Anhöhe unterschied. Immer noch ließen wir einander nicht los, über uns erlosch der Himmel, unter uns versank das Haus. Und in diesem Augenblick wußte ich: das Festhalten an dieser Liebe war der Sprung über den Abgrund des Erwachsenwerdens

Ohne ein Wort

gingen wir weiter den Gratweg hinauf. Obwohl nun Rovina endgültig entschwunden war, sah ich wieder das Steinhaus vor mir, das leere Bett unter dem offenen Fenster, durch das die Glyziniendolden hereinschaukelten, aber wo waren Giudittas Pharaonenhühner, und wo Fabrizios Onkel? Als ahnte Fabrizio, was in mir vorging, und durchdrungen wie ich von der seltsamen Lichtspiegelung, die uns für Sekunden erfaßt hatte, drehte er sich öfters nach mir um. Je mehr die Schatten von allen Seiten her zunahmen, desto deutlicher schob sich ein anderer Schein vor meine Augen, der unruhige Fackelschein in der ersten Nacht unserer Ankunft. Allerdings, von einer Fackel zu reden, war übertrieben, Giuditta hatte lediglich in einem breitrandigen Aluminiumteller altes Wachs zusammengegossen und einen dicken Docht hineingesteckt, aber wir nannten das nun einmal unsere Fackel, da das unförmige Ding auch sehr unstet und rauchig brannte. An jenem ersten Abend auf Rovina waren wir, nachdem Fabrizios Onkel und Giuditta sich im Anschluß an das Bocciaspiel bei uns eingefunden und dann getrennt hatten, früh schlafen gegangen. Überrascht über die Kühle, die trotz des angebrochenen Sommers noch im Haus herrschte, saßen wir fröstelnd auf dem Bett, das, obwohl Giuditta seit Tagen die Matratze umgewendet und das Sonnenlicht hatte darauf fallen lassen, die ganze Winterfeuchtigkeit speicherte. Kurzentschlossen schwang sich Fabrizio aus dem Fenster auf den schmalen Holzbalkon hinaus, der zwei Hausseiten umschloß, wenn auch nicht mehr intakt, mehrere Bretter waren morsch, andere fehlten. Ich schob Wolldecken und Kissen nach, kletterte ebenfalls hinaus, und dann tasteten wir im Dunkel die sicherste Stelle ab, die sich auf der Frontseite hinter dem Hauptstamm der Glyzinie befand, somit auch vom Blätterwerk verborgen. Hier richteten wir uns ein, eng aneinandergedrückt durch den beschränkten Platz, glücklich über die Wärme, welche die Holzbretter abstrahlten, über die weiche Luft, die einzelnen Sterne, die fern am Nachthimmel oder wie aus dem Blüteninnern der Glyzinien selbst aufsprangen. Die Müdigkeit mußte uns rasch eingeholt haben, denn ich erwachte erst an der unterdrückten, doch unüberhörbaren Stimme Giudittas. Ein Lichtschein durchdrang die Glyzinienblüten mit einem Schimmer, der gesprenkelt auf Fabrizios schlafendes Gesicht fiel, etwas blitzte durch die Nacht, es war die Spiegelscherbe, die Fabrizios Onkel in der Hand hielt, er saß unten mit Giuditta auf den Steinplatten und rasierte sich. Offensichtlich hatten sie den Tisch unter dem Holunderbusch vors Haus gerückt, und die ganze Szene nahm sich so aus, als wäre es durchaus eine Gewohnheit von beiden, hier zu später nächtlicher Stunde, wenn wir längst schliefen, nochmals zusammenzukommen. Nun hatte es Fabrizio und mich in der Tat oft beschäftigt, warum Giuditta und ihr Bruder sich hartnäckig weigerten, das stattliche Steinhaus des Großvaters zu bewohnen, und Giuditta ein kleineres Anwesen beim Materialaufzug bezogen hatte, während Fabrizios Onkel, wie gesagt, zwischen seinen Maschineneinrichtungen schlief. Aber vielleicht kamen sie jede Nacht hierher und eroberten das Haus zurück, das wir verwahrlost und völlig uns überlassen geglaubt hatten? Giuditta saß nah am Tisch und hielt mit beiden Händen das Blechschüsselchen fest, aus dem der Rasierschaum quoll, den Fabrizios Onkel angerührt hatte, und mit dem er sich, ein Taschentuch um den Hals gebunden, bereits das Kinn eingeseift hatte. Giuditta sang und starrte dabei in den weißen Schaum, sie sang immer lauter, wie hätte sie auch ahnen können, daß wir, von den hängenden Glyzinien verdeckt, direkt über ihr lagen, sie preßte das Blechschüsselchen fester zwischen ihre Hände, stasera quando viene sarà una brutta sera, e perché sabato sera non è venuto a me, Fabrizio war erwacht und hob den Kopf. Ich drückte ihm die Hand auf den Mund, aber auch er war sofort von dem unvermuteten Anblick seines Onkels und Giudittas gebannt. Dicht aneinandergelehnt schauten wir nun zusammen auf den schwach beleuchteten Platz vor dem Haus hinab. Fabrizios Onkel, die Augenbrauen übermäßig hochgezogen, hatte sich zu rasieren begonnen, er spannte die Haut unter der Nase mit den Fingerspitzen auseinander, drehte und wendete die Spiegelscherbe, Giudittas Stimme schwankte, dann gewann sie ihre fast trotzige, sich steigernde Kraft zurück, mi fa piangere e sospirar, piangere e sospirar sul letto dei lamenti, e che cosa dirà la gente, Giuditta! rief Fabrizios Onkel, hör auf! Er schwenkte die im Fackellicht gleißende Spiegelscherbe vor ihrem Gesicht hin und her, wie um sie zur Besinnung zu bringen, aber Giuditta krallte die Faust in den weißen Rasierschaum und sang nur noch ungehemmter, wild jetzt in die Nacht hinaus, e che cosa dirà di me, dirà che son tradita, tradita nell'amore, Fabrizios Onkel drückte sein Gesicht, obwohl noch teilweise eingeseift, in das umgebundene Taschentuch, als könnte er, von Giudittas Anblick befreit, sich auch ihrer Stimme erwehren, die das Fassungsvermögen dieser Nacht sprengte, so wie der Rasierschaum zwischen den Fäusten Giudittas hochquoll und das Blechschüsselchen überbordete. Da hielt Giuditta inne, mehr über die jähe Stille als über ihre Stimme erschrocken, Giuditta! sagte Fabrizios Onkel und trocknete sich mit dem Taschentuch verzweifelt den Hals, ich werde dir die Nevera wiederherstellen, morgen schon gehe ich zur Nevera hinauf, aber natürlich wirst du wieder eine Nevera haben! Giuditta strich den weißen Schaum von den Fingern, als wüßte sie nicht, wie er dorthin gekommen war. Sie schüttelte langsam den Kopf, du weißt, was man auf Rovina sagt, der Schnee und die Menschen, das geht von selbst dahin. Fabrizios Onkel drückte die Spiegelscherbe auf die Tischplatte, als wollte er sie ins Holz hineintreiben, es war jemand von drüben, sagte er leise, ich schwöre es dir! einer der Grenzgänger. Die Grenzgänger! fuhr Giuditta auf, immer sind es die von drüben, daß wir uns von ihnen absondern, das ist doch unser Unglück. Du bist die einzige hier, die so denkt, sagte Fabrizios Onkel, ja, schrie Giuditta nun fast, ich war die einzige von euch, die nicht auf den Kirchturm stieg, als im Krieg die Bomber über uns hinweg gegen die Ebene flogen und euch der brandrote Himmel ein Schauspiel war.

Aber wo kommen wir denn her? Von überall, von nirgends, doch bestimmt von jenseits der Grenze! Fabrizios Onkel schwieg. Sie haben uns nicht ganz verschont, fuhr er fort, sie haben uns die Kastanienwälder zerstört, sie haben tonnenweise Gift heruntergesprüht, längs der Grenze haben sie alles entlaubt, um die Partisanen zu entdecken, die Leute sagen heute, es sei nur der Krebs, vielfältige Krankheiten aus der Luft, glaubst du das, Giuditta, Krankheiten? Giuditta schien damit zu kämpfen, sich zu beschwichtigen, zu beruhigen. Wir kommen alle von drüben, wiederholte sie, alle, oder woher schon? Und von drüben kommen Fortschritt und Misere, Neuerungen und Verfall. Laß die Nevera, laß sie ihren Tod haben. Auch das Stuckzimmer! Auch das. Giuditta legte den Kopf auf den Arm, die folgenden Worte erstickten in einem Schluchzen. Der Wachsteller, unsere Fackel, schwelte, die Blütentrauben der Glyzinie zitterten in der warm heraufsteigenden Luft, die Spiegelscherbe blitzte. Fabrizios Onkel hatte das Rasieren wieder aufgenommen. Dazwischen sprach er, mehr zu sich selbst als zu Giuditta, vom ersten Güterzug der weltweit gefeierten Bahn, für die man das zentralste Gebirgsmassiv durchbohrt hatte: die emphatischen Suaden, Sprengung aller Grenzen, Völkervereinigung! Aber die ersten beflaggten Güterwaggons, die damals von Norden her unsere Grenzen passierten, enthielten Waffen, Giuditta, erinnerst du dich, nichts als Waffen. Fabrizio atmete tief auf und drückte sein Gesicht auf meine bloße Schulter. Bald fühlte ich seine regelmäßigen Atemzüge, ich rührte mich nicht, das Gesicht immer noch hinunter zu den Steinplatten gekehrt, wo auch Fabrizios Onkel und Giuditta verstummt waren und, ebenfalls wie Halbschlafende, in sich versunken am Tisch saßen. Ich schloß die Augen, ließ mich bewußtlos tragen, von der ungeheuren Stille der Nacht. Später, durch Fabrizio geweckt, der sich gedreht hatte, hingen die Glyziniendolden bereits blaß im Grau der Dämmerung, aus dem schwerelos, wie letzte Schatteninseln, die Johannisbeersträucher, der Holunderbusch hervorschwammen. Dann sah ich unten auf den Steinplatten die unförmige Gestalt. Ich fuhr zusammen über diesen neuen nächtlichen Gast, fand aber auch die längst gelöschte Fackel noch da, das Blechschüsselchen, in dem der Rasierschaum sich bis auf den Grund zurückgezogen hatte, und endlich, in das Dunkel der Gestalt eindringend, erkannte ich die helle Stirn Giudittas, die, fest von Fabrizios Onkel umschlungen, in seinen Armen schlief. Mit der fraglosen Bereitwilligkeit, die vielleicht nur eine im Freien verbrachte Nacht verleiht, nahm ich diesen Anblick hin, der sich mir, wie von der Unterwelt an die fahlen Ränder des Morgens gestoßen, darbot. Eine tiefe Trauer, unnennbarer Friede strömte von den zwei verschlungenen Gestalten aus. Und als sähe ich in ihnen nur wie in einem Traum meine Zukunft gespiegelt, wehrte ich dem letzten Schlaf nicht, der mir jedes weitere Gedächtnis raubte. Als die Sonne bereits in den hellgrünen Blattspitzen der Glyzinien aufflammte und in unruhigen Kringeln auf unsere Wolldecke fiel, wachten Fabrizio und ich auf. Die Steinplatten vor dem Haus, noch naß vom Tau, waren leer, und der Tisch, auf dem der Wachsteller, das Blechschüsselchen verschwunden waren, stand unter dem Holunderbusch wie alle Tage zuvor

Bleich wie der Vollmond am Himmel eines aufgehenden Sommertags trieb die Meduse vor mir im Meer. Die Wellen waren noch lebhafter geworden. Von weißem Schaum gekrönt rollten sie über den Sand und tauchten meine Füße bis weit über die Knöchel hinauf in das kühle Naß. Verführt von der spielerischen Brandung, die Plastiksandalen immer noch in der Hand, ging ich der Meduse entgegen und stieß mit der Spitze einer Sandale vorsichtig gegen das Gallertgewebe. Deutlich bemerkte ich, über die Meduse gebeugt, die strahlige Einteilung ihres Baus. Ich versuchte sie mit der Spitze der Plastiksandale auf den Rücken zu drehen, glitt jedoch immer wieder an ihr ab, und wie so die Plastiksandale und die Meduse in einem sonderbaren Kampf miteinander begriffen waren, fiel mir erst die Ähnlichkeit des beinahe transparenten Plastiks mit der Beschaffenheit der Meduse auf. Aber in diesem Augenblick kehrte die Meduse ihre Unterseite hervor. Offen klaffte der Mund zwischen den wulstigen Rändern, die sogleich heftig anschwollen, krause Saugarme streckten sich empor, winzige Nesselfäden schnellten heraus. Schnell kippte ich die Meduse wieder um. Wie nichts anderes fürchtete ich die scharfen Spitzen der Nesselfäden, die sich blitzartig in die Haut schlugen, das Fleisch durchzuckten, unverzüglich Entzündungen hervorriefen

Dann

hob ich den Kopf und sah, daß sich vor uns schon die Bergwand erhob, und der dunkle Fleck dort, der wie eine Ausfaltung, eine Öffnung des Abhangs erschien, mußte das Wäldchen sein, das sonst an klaren Tagen grün über Rovina leuchtete. Fabrizio lief dicht vor mir, obwohl uns der Weg hier, der jetzt mitten durch Brombeergestrüpp führte, noch vollkommen bekannt war. Etwas trieb mich, mir fast schmerzhaft überdeutlich die Gestalt Fabrizios einzuprägen, bestand denn die geringste Gefahr, daß sie mir hätte entrissen werden können? Meine Verwurzelung in ihm war so tief, daß ich nicht wußte, worin sie gründete, auch nicht, was das sei, das mein Wesen so in das seinige übergehen ließ. Es war etwas, was aller Geist mitsamt seinen Leistungen niemals aufwiegt, etwas, das einer unendlich verborgeneren Ordnung angehört. Unter uns streckten die letzten Kastanien, die auf dieser Höhe in großer Zahl abgestorben waren, die verdorrten Äste empor, teilweise üppig von Efeu umwuchert, wodurch die nackten Äste nur um so dürrer erschienen. Überreste einer vergangenen oder kommenden Verödung? Giuditta hatte oft, mit Trauer und Zorn, vom Zugrundegehen der Kastanien geredet, die Wälder, sagte sie, gehen den Völkern voran, die Wüsten folgen ihnen. Aber wir hatten Rovina kaum mehr anders gekannt. Uns blieb nur die von einer besseren Ahnung verwundete Leidenschaft für eine unablässig bedrohte Welt. Als hätte sich das Unterste nach oben gekehrt, ragte jetzt eine besonders gewaltige Kastanie zu uns herauf, das kahle bizarr verzweigte Astwerk wurden die Wurzeln, die der Baum in den schon nahezu schwarzen Himmel schlug. Wie der Feigenbaum auf dem Kirchplatz, rief Fabrizio, als er beim letzten Hagelwetter innerhalb weniger Sekunden ein Skelett war! Fabrizio blieb stehen, und Giudittas zerfetzte Pharaonenhühner, die auf dem Hagelschnee herumirrten, sagte ich, erinnerst du dich? Und wir hatten auf dem Bett gelegen, unter dem offenen Fenster, erschöpft von der Schwüle des Sommertags, und waren erst erwacht, als der Himmel über Rovina bereits unvorstellbar düster geworden war. Nur noch den Rand der Ebene säumte ein gelber Schein. Unerklärlich war uns im selben Augenblick, woran wir erwacht waren, denn auf Rovina regte sich kein Laut, nicht ein Huhn scharrte unter dem Holunderbusch, kein einziges Blatt der Johannisbeersträucher bewegte sich, alle Vögel waren verstummt. Doch dann brach, wie aus dem Schoß dieser maßlosen Stille selbst, ein Rauschen hervor, ein Tosen, das die eben noch reglosen Blätter peitschte, die Johannisbeersträucher umbog, den Holunderbusch niederdrückte, die Glyziniendolden zerriß. Blitze flammten so hell und in solcher Unzahl, als schlügen sie nicht nur aus der aufgewühlten Atmosphäre hernieder, sondern als hätte sich auch das Erdinnere geöffnet und speite Garben von Feuer hervor. Donner krachten, ungewöhnlich kurz, schrill, und vermengten sich ununterscheidbar mit dem Lärm der Geschosse, die zuerst einzeln, dann flutartig auf die Granitplattendächer, an unser Fenster prasselten, das wir eben noch mühsam gegen eine hereinfahrende Windböe zustoßen konnten. Aber die Scheiben hielten dem Anprall der eiergroßen Hagelgeschosse nicht stand, das Glas zersprang in Splitter, die zusammen mit dem Hagel unser Bett bedeckten, unser Bett, das, noch warm von unseren Körpern und mitten im Sommer, weiß wurde vom Hagelschnee. Dem verebbenden und erneut anschwellenden Trommeln der Hagelkörner nach zu schließen, fuhr das Unwetter strichweise nieder, wir eilten auf den Dachboden, um von der dortigen Luke aus einen besseren Überblick zu haben. Ganz Rovina war weiß wie an einem Wintertag. Um so deutlicher mußte uns die schwarze Gestalt von Fabrizios Onkel ins Auge springen, der vor der Werkstatt verzweifelt bemüht war, mit seiner Schlafmatratze eine der neuen Maschinen zu bedecken, die er, sei es aus Platzmangel oder aus Vergnügen an den in der Sonne blinkenden Eisenteilen, draußen hatte stehenlassen. Die Matratze rutschte unweigerlich immer wieder herunter, doch Fabrizios Onkel, sowohl gegen den Gewittersturm, die spitzen Hagelgeschosse wie die ständig rutschende Matratze ankämpfend, ließ nicht nach. Wir wollten uns eben von der Luke entfernen, um ihm beizustehen, als wir noch sahen, wie mehrere Bewohner Rovinas an Fabrizios Onkel vorbei in die Werkstatt hineinrannten und nach kurzer Zeit mit Fensterläden unter dem Arm wieder herauskamen, offensichtlich Fensterläden, die seit Monaten auf Reparatur warteten und nun in der Not von ihren Besitzern ohne Zögern herausgeholt wurden, einige schienen im Davonhasten Fabrizios Onkel ironische Dankesworte zuzuwerfen, er aber, einen Augenblick seine Matratze vergessend, die auch unverzüglich von der Maschine hinabsackte, stand nur wortlos da und hob die Hände hoch. Wir liefen die Treppe hinunter, an der offenen Tür unseres Schlafzimmers vorbei, und nun drang ich doch in Fabrizio, rasch den Hagelschnee auf unserem Bett zum Fenster hinauszuschütten, bevor er schmolz und die Matratze mit Nässe durchtränkte, und obwohl wir mit vollen Händen an dieses Geschäft gingen, vor allem zuerst die Glassplitter entfernten, dauerte es etwas länger, da Fabrizio es nicht lassen konnte, mich zwischenhinein in den Hagelschnee zu drücken und die kristallenen Körner in meiner Halsgrube und in meinem Haar durch ungestümes Küssen zum Schmelzen zu bringen. Als wir schließlich durch das völlig veränderte Rovina bis zum Kirchplatz vordrangen, brach aus den aufgerissenen Wolken mit Gewalt eine Sonne hervor, die auf die allgemeine Verwüstung niederstrahlte, als wäre diese in einem Zeitalter geschehen, von dem sie nichts wußte. Fremd, ein Fossil aus einer untergegangenen Epoche, ragte aus den hochgetürmten Haufen von Hagelschnee der Feigenbaum auf, ein Skelett, von dem die letzten Blattspuren wie Hautfetzen herabbaumelten. Von überall her waren die lauten Ausrufe der schaufelnden Menschen zu vernehmen. Giudittas Pharaonenhühner irrten erbärmlich zerfetzt über die weißen Hänge, die in der Sonne dampften und rauchten, während eine Eiseskälte aus ihnen aufstieg, die uns bis ins Innerste gefrieren ließ und jenen Schauder verstärkte, den uns der nackte Feigenbaum einflößte. Die Zeit hatte sich, während wir uns in unserer Umarmung an dem auf der warmen Haut wie zu Samenflüssigkeit schmelzenden Hagel berauschten, in einem Sprung über uns hinweggesetzt. Wir wandten uns um, um endlich zu der Werkstatt von Fabrizios Onkel zu gelangen, da erblickten wir ihn oben auf der Böschung hinter dem Kirchturm. Er starrte auf den Feigenbaum herab, den schwarzen Hut in den Händen, als stünde er vor einem toten Kämpfer

Größer und größer wurde der dunkle Fleck in der Bergwand, das Wäldchen, unser Ziel, als ginge eigentlich von ihm die nun unaufhaltsam einbrechende Nacht aus. Ein Kindertraum Fabrizios stieg in mir auf, der ihn jahrelang verfolgt hatte. Immer sah er die Kastanienwälder Rovinas im Traum, aber sie waren nicht mehr der lichte Ort unserer Spiele, sondern dichter, undurchdringlicher, mächtiger geworden. In einem weiten Kreis schlossen sie sich um das Steinhaus des Großvaters, das ruhig mit seinen schlafenden Bewohnern in der schwachen Helligkeit der Nacht stand, und keiner, niemand, das wußte Fabrizio im Traum, nur er sah vom oberen Stock aus den riesigen schwarzen Mann, der aus den Kastanienwäldern herauskam, geradewegs auf das Haus zu, und obwohl sich der Mann beinahe nach hinten neigte, um zu seinen wuchtigen Schritten auszuholen, fiel sein gespenstischer Schatten bereits über das ganze Haus, und jetzt hob er auch schon, etwas langsamer als vorher, den rechten Fuß mit dem gigantischen Schuh, um das Steinhaus des Großvaters wie ein Kartengebilde zu zertreten! Fabrizio, der in diesem

Augenblick aufschrie, wurde regelmäßig ohnmächtig in seinem kleinen Bett vorgefunden und nur durch langes Streicheln Giudittas ins Bewußtsein gerufen, anfangs noch gänzlich stumm und die dunkelbraunen Augen voller Entsetzen, oft sogar wieder in die Ohnmacht zurückfallend, was allerdings vielleicht auch dem Umstand zuzuschreiben war, daß diese erneute Bewußtlosigkeit unverzüglich Giudittas Zärtlichkeiten verdoppelte. Doch jetzt erwähnte ich Fabrizio gegenüber nichts von diesem Traum, der, wie viele andere Ängste und Heimlichkeiten unserer Kindheit, sooft sie in uns auftauchten, sonst Gegenstand unserer Gespräche wurde, in denen das frühere Grauen durch wiederholt eingehende Schilderung Glanz bekam. Von der düster sich vor uns abzeichnenden Baumgruppe ging eine Unendlichkeit aus, die alles, was uns in jener Nacht widerfuhr, nach ihrem Maßstab bildete. Und da Fabrizio und ich mehr dem Zauber der Sinne verfallen waren als den Sinnen selbst, zeichnete sie uns mit seltener Schärfe. Aber noch ging ich vertrauend, wenn auch verstört, den dunklen Bäumen entgegen. Weder die vergangene Fülle begriff ich, noch die Kluft, die mich von der zukünftigen trennte, und so flüchtete sich meine Beklommenheit in ein greifbareres Bild. Meinst du nicht, wandte ich mich an Fabrizio, einer der Marder könnte unversehens von den Bäumen springen oder zumindest, die weiße Kehle zitternd vor Blutdurst, unverwandt auf uns herabäugen? Fabrizio zog mich ungläubig an sich, Marder sind Nachttiere, rief ich und fuhr fort, an die in hohem Grade behenden Klettertiere zu erinnern, an ihr tollkühnes Hinunterspringen in Schluchten bei Verfolgung und wie sie sich anschließend totstellen, um im nächsten Moment blitzartig zu entwischen, an ihre rabiate Gefräßigkeit und daß sie weit mehr erwürgen, als sie zur Nahrung brauchen, in Unmengen kleinen und großen Vögeln Kopf und Hals abbeißen, sich förmlich am Blut berauschen! Fabrizio, der mich sonst oft genug erschreckte, indem er die unmöglichsten Tiere nachahmte, drückte mich nur fester an sich, aber ich, beide Arme um seinen Hals geschlungen, steigerte mich in nun schon verzweifelt übertriebene Darstellungen der raubgierigen Tiere. Ihre Krallen, ihr Knurren, ihr Kreischen, Fabrizio, ihre zugespitzte Schnauze, der geschmeidige langgestreckte Körper, das Getrampel nachts auf dem Dachboden! ich wußte nicht mehr, wovon ich sprach

Nur noch eine Senke trennte uns von der immer mehr sich als

recht dicht erweisenden Baumgruppe, doch bevor wir dort hingelangten, erblickten wir unter uns bis an den Horizont die Ebene, als öffnete sich das Meer. Ein schleierartiger Dunst verstärkte diesen Eindruck, da er keineswegs ein paar in der Ferne glimmende Lichter trübte, spärlich erhellte Ozeandampfer, die durch die nächtlichen Wogen kreuzten. Das Auftauchen des Meers, unter bestimmten Einwirkungen der Luft, war uns von manchen Abenden auf dem Kirchplatz in Rovina nicht unvertraut, aber nie hatte es sich uns so überwältigend dargeboten. Ein leichter Wind verstärkte die Frische, den Schöpfungsglanz der nachtschwarzen Bäume und Abhänge um uns, und warum sollten sie sich nicht eben aus der Urflut gehoben haben? Die Wasser waren zurückgewichen und es erschien das trockene Land, Schicht um Schicht vormals abgerutschter Meeresplateaus, Kuppen, Riffe, die sich in Falten übereinandergelegt hatten, bedeckt von den dabei aufgewirbelten Wolken feinster organischer Stoffe: zerfallene Skelette von Kieselschwämmen und Kieselschalern, die einst als Plankton an der Meeresoberfläche schwebten, und aus den sich überlagernden Schichten war der Berg gewachsen, der wie eine verkalkte Koralle den Kirchturm von Rovina trug und uns nun auf versteinerten Fährten in die trügerisch schimmernde Tiefe des Urmeeres lockte. Wie oft hatte mich seine Flut ergriffen, hinweggeschwemmt in den Schlaf, zu früh, zu rasch für Fabrizio, der den Erschütterungen, die seine Liebkosungen hervorriefen, nicht Einhalt gebieten wollte, denn wenn ihm mein Fallen in den Schlaf auch leid tun mochte, so fürchtete er doch auch das Verebben dieses machtvollen Vergessens meiner selbst, und nicht satt sehen konnte ich mich, sagte er einmal, an der wärmenden Glut, die über deine Wangen, deine ganze Haut, jedes einzelne Glied ausgegossen schien und es sanfter und zugleich heftiger durchpulste. Und so trug er mich vorsichtig, als zerflösse ihm sonst ein unsichtbares Weltmeer zwischen den Händen, hinauf in den oberen Stock, wo er mich mit großer Sorgfalt zudeckte, die Füße, die Hände, die Schultern, doch besonders die Füße völlig zudeckte. Manchmal mochte ich bei dieser seiner Beschäftigung auch wieder erwacht sein, und was damals ein Scherzen war in dem von den Glyzinien verschatteten laubgrünen Zimmer, wurde später der Verlust eines höchsten Guts. Aber noch wogte in der Finsternis unter uns, ungeteilt und ungeheuerlich, das Meer. Die Lichter der Ozeandampfer flimmerten lebhafter. Als würde dort in der Ferne um Mitternacht ein Fest gefeiert! sagte ich und ergriff Fabrizios Hand: in diesem Augenblick traten wir in die Baumgruppe ein. Kaum vermochten wir, in der hier nun verstärkten Dunkelheit, die einzelnen Bäume zu unterscheiden. Hätten wir emporgeblickt, wäre es uns vielleicht gelungen, vor dem helleren Nachthimmel die kuppelförmigen, mehr oder weniger verzweigten Kronen zu erkennen, doch daran lag uns wenig, unsere Aufmerksamkeit richtete sich sofort auf das Innere, wo uns etwas Mauerartiges, das wir hier niemals vermutet hatten, entgegenragte. Durch Unterholz, das derart zunahm, daß es uns um die Beine schlug, drängten, stolperten wir vielmehr auf den Ort zu, den wir uns aus gänzlich unbeweisbaren Gründen immer als kleine Lichtung vorgestellt hatten und wo sich nun ein, von seinem Umfang her, geradezu bedrohliches Hindernis aufrichtete. Beinahe wäre ich, mitten im Gesträuch, über zwei lose Steinplatten gestürzt, während Fabrizio bereits vor dem Mauerwerk innehielt, welches, das sahen wir nun unter dem über uns offenen Nachthimmel deutlich, üppig wuchernde Farne wie einen verwilderten Garten umfriedete. Nur wuchsen die Farne aus einer erstaunlichen Tiefe herauf, so daß die ganze Konstruktion eher einem vertrockneten Brunnen glich, in den die vielfältigen Samen des Walds gefallen waren und nun Schosse, Ranken und Zweige emportrieben. Fabrizio und ich näherten uns einer eingebrochenen Mauerstelle, und unmittelbar darauf sahen wir beide die kaum drei Fuß breite steile Treppe, die an der Innenseite des Mauerwerks entlang hinunterführte, bis die Stufen sich im Dickicht der Farne verloren. Unausweichlich zog nun auch die Mauerwand unseren Blick an, und wir entdeckten das an ihr haftende Geflecht von Ästen, als zeigten sich uns die entblößten Eingeweide eines Menschen. Es blieb kein Zweifel: wir standen vor der Nevera. Die Buchenzweige, jeweils im Vorsommer zur Isolation zwischen die Mauer und den Schnee gestopft, waren, von den sie umklammernden Mauerritzen begünstigt, hängengeblieben, nur von Giudittas Schnee, Giudittas weißem Schnee, war keine Spur mehr. Hartnäckig hatten wir die Nevera, obwohl nun schon seit langem verlassen, immer noch mit Schnee gefüllt geglaubt, zumindest auf dem Grund. Gelagerter, alter Schnee muß es sein, hatte Giuditta oft gesagt, mit den Schuhen sorgfältig hineingepreßt, dann hält er, und unzerstörbar in der Tat hatte ich mir diesen Schnee gedacht, akkurat übereinandergeschichtet wie die weißen Leintücher im Schrank, der im breiten Gang des Steinhauses von Rovina stand, alle Regale bis obenauf gefüllt mit diesem starken, nie gebrauchten Leinen, an den Rändern mit kostbaren Stickereien durchwirkt, obwohl sich uns die meisten dieser Stickereien, verborgen im Schrankdunkel, entzogen, ebenso wie die Vorstellung einer jungen Giuditta, die abendelang, gemeinsam mit andern Mädchen den wärmsten Ort aufsuchend, unter der Petroleumlampe im Stalldunst bei den Kühen daran gearbeitet hatte. Mancher Winterschnee war auf Rovina geschmolzen, aber die zusammengepreßten Leintücher im Schrank blieben unangerührt. Nur einmal hatte ich Giuditta überrascht, wie sie reglos vor dem gefüllten Wäscheschrank stand, bis irgendwo im Haus, durch den Luftzug der angelehnten Gangtür hinter mir, ein Fensterflügel schlug. Giudittas Gestalt, die sich vor dem Weiß der Leintücher besonders schwarz abhob, wandte sich nach mir um, eine seltsame Glut flog über ihr Gesicht, und ohne sich von dem offenen Schrank wegzubewegen, fixierte sie mich mit einem so schmerzlich angestrengten Blick, daß ich wortlos aus dem Haus hinauslief, an den Johannisbeersträuchern vorbei, über die Steinplatten, den Grasweg, aus Rovina fortlief, lief und lief, und beinahe schien mir, ich wäre alle Jahre hindurch weitergelaufen, bis zu dieser finsteren Baumgruppe hinauf, an den Rand der verschütteten Nevera. Ich weiß nicht, woran Fabrizio in jenen Augenblicken dachte. Er stand gebannt wie ich in der Mitte des Wäldchens, das wir so oft von Rovina aus beobachtet hatten, grün oder golden leuchtend, je nach dem Stand der Sonne, und sah in einer Dunkelheit, die ihren Höhepunkt bereits überschritten haben mußte, in die Reste der Nevera hinab. Die vor uns liegende Zerstörung wurde eine Macht, der wir nicht mehr entrinnen konnten

Es muß zum selben Zeitpunkt geschehen sein, als sich Fabrizio abwandte, um im kratzenden und feuchten Unterholz doch noch einen möglichen Liegeplatz zu finden, daß ich auf dem Grund der Nevera das Kind erblickte. Es tauchte aus den nachtschwarzen Farnen auf, ohne das geringste Geräusch, als hätte es immer da gelegen, mit weitoffenen Augen, in denen alle Versprechungen des Lebens sich so durchsichtig spiegelten, daß sie von weit her, aus der Tiefe des Universums selbst kommen mußten. Der geringste Schimmer in seinen Augen brach sich in einem Strahl, zitternd und glänzend, der in wellenartigen Stößen um den kleinen Körper spielte, bis er diesen ganz durchdrang, und das Kind vollkommen von einer strahlenden, phosphoreszierenden Flüssigkeit erfüllt war. Sein Licht brannte meine Wangen, ich fühlte seinen Atem vor meinem Mund, sein Pulsschlag regte sich in meinem. Es lag auf dem Grund der Nevera, wunderbar lebendig, nicht als müßte es sterben, sondern als wartete es hier, seine Freude wiederzufinden. Die leuchtende Flüssigkeit des Kindes schien in dem Maße in mich überzugehen, wie es selbst an Materialität verlor. Langsam erloschen seine Umrisse, ertranken im Schatten der Farne, gingen unter in der Nacht. Ist dir so kalt, sagte Fabrizio, du bist völlig starr, komm, wir können nirgendwo anders hin, die Brombeeren wachsen zu dicht, die Eschen haben sich überall versamt. Er führte mich zu der eingebrochenen Mauerstelle, wo sich einmal die Tür der Nevera befunden haben mußte. Und dort, auf der Schwelle, längst von Farnen überwuchert, lebte nochmals das Kind in mir auf, mit der übermächtigen Gewalt eines Sterbenden. Ich hörte kaum noch Fabrizios Stimme, die im Halbdunkel zu mir flüsterte, ich spürte seine Hände nicht, die mich zu besänftigen suchten, ich nahm nichts mehr wahr vom traurigen Drängen seines Körpers. Alle meine Sinne waren nach innen gerichtet, wo sich zum letzten Mal etwas verweigerte, aufbäumte, über mich hinwegtobte, einem Sturm gleich, in dem mein Wille vernichtet wurde. Verloren trieb ich auf dem schwarzen Meer eines Kampfes, der erst in mir ermattete, als die Dämmerung die Silhouetten der Eschen und Ahorne in fahle Undeutlichkeit tauchte. War ich doch endlich in Fabrizios Armen eingeschlafen? Seine Kraft, nichts in mir zu unterwerfen, zahlte in dieser Nacht den höchsten Tribut. Zum ersten Mal wirklich getrennt von mir, gab er mich, unverraten, dem anbrechenden Morgen zurück

Ich wachte auf und sah Fabrizio neben mir liegen, als wären viele Jahre vergangen. Er schien leicht zu frösteln, aber ich spürte keine Kälte. Es wunderte mich, daß ich die Hand nach dem Farn ausstrecken konnte. War ich nicht in der Nevera, dem runden Grab aus Steinen, gestorben? Dennoch strichen meine Finger, wiederholte Male, über die taufeuchten Blätter, deren äußerste Spitzen eingerollt waren. Und es muß gerade das Berühren dieser Blattspitzen, weich wie junge Raupen, gewesen sein, das mich langsam an den Rand eines mir über Nacht fremd gewordenen Lebens zurückbrachte. Ich betrat es, entwaffnet und machtlos, aller Übereinstimmungen beraubt. Der

Ahorngürtel um die Nevera gab nur wenige Ausblicke auf die Ebene frei, der abendliche Dunst war gestiegen. Da und dort kam jedoch Bewegung in die weißflüssigen Massen, Blitze von Helligkeit schossen durch. Ich suchte Fabrizios Augen, wie etwas mit Sicherheit Verlorenes. Er drehte den Kopf zu mir, aber immer noch war es sein Blick, von Schweigen und Unbedingtheit erfüllt. Da zeichnete das Erzittern der Farne des toten Kindes Schatten in mich. Begann in jener Morgenfrühe mein unaufhaltsamer Weggang von Fabrizio? Die finstere Flut, die mich fortgerissen hatte, wollte ich trinken bis auf den Grund. Fabrizio indessen, in seinem angeborenen Sinn für Nüchternheit, beugte sich über die Nevera. Ist es nicht sonderbar, sagte er, daß auch du dir die Nevera nie anders gedacht hast als mit einem Rest hineingestampften Schnees? Giuditta hat die Orangen vergessen, wandte er sich plötzlich zu mir, die mit Gewürznelken besteckten Orangen, jetzt hat ihr die Sonne den Schnee zerfressen! Noch durchdrungen von dem empfindungslosen Erwachen, ließ ich mich willig in Fabrizios Mutmaßungen über die Nevera hineinziehen. Verband sich denn auch für Fabrizio der in die Nevera hineingepreßte Schnee mit Giudittas Wäscheschrank? Nun war es zwar eine Eigenschaft Giudittas, diese mit Gewürznelken besteckten Orangen, welche nach ihrer Auffassung die Motten fernhielten, nicht nur im Schrank mit den Wollsachen zu plazieren, sondern an jedem irgendeine Haltbarkeit erfordernden Ort. Jedes Jahr erneuerte sie die Orangen, in den Kommoden, im Küchenbuffet, selbst in der Werkstatt von Fabrizios Onkel hatte sie früher stets drei besonders prachtvoll bespickte Exemplare deponiert, und vielleicht war ich damals, als ich Giuditta vor dem offenen Wäscheschrank antraf, weniger vor ihrem Blick geflohen, als vor der Traurigkeit, welche von der völlig geschrumpften Orange auf dem obersten Regal ausging. Seit Jahren nicht mehr ausgewechselt, fast dunkelbraun geworden, sah sie ausgetrockneter gealterter Haut ähnlich, und die hineingespickten Gewürznelken glichen sich vermehrenden Leberflecken, oder waren es Nägel, gewaltsam in Giudittas Träume hineingetriebene spitze Nägel? Weißt du noch, fuhr Fabrizio weiter, wie man uns einmal beim Bocciaspiel erzählt hat, auf welche Weise Giudittas Übernahme der Nevera gefeiert wurde? Fabrizio, unvermittelt von einer morgendlichen Beredsamkeit, als wären wir eben nach einer in festem Schlaf verbrachten Nacht im Steinhaus von Rovina aufgewacht, strebte unmißverständlich danach, aus dem Wäldchen fortzukommen. Er schlug einen Weg durch das Brombeerdickicht frei, bog die Zweige der Eschen zurück, trat unter die Ahorne hinaus. Einen Knall hat man an jenem Abend aus des Großvaters Haus vernommen, rief Fabrizio, daß viele aufgeschreckt dorthin eilten, doch als sie durch den Gang ins Eßzimmer vordrangen, fanden sie Giuditta und ihren Bruder seelenruhig am Tisch sitzend, allerdings mitten in einem höchst ungewöhnlichen Dekor. Das weiße Damasttischtuch, auf dem riesige Sträuße von Holunderblüten standen, zwischen denen die beiden wie zwei Brautleute Platz genommen hatten, war über und über mit Suppe besudelt, die gekalkten Wände, vor allem die Decke mit Petersilie grün verspritzt, und besonders kleingehackte Petersilie begann mit der Suppenflüssigkeit in dünnen Rinnsalen überall herunterzulaufen und hinabzutropfen, während der Onkel dem inzwischen nahezu vollzählig im Haus zusammengedrängten Rovina stolz die pünktliche Explosion zu Ehren Giudittas mitteilte. Genau als er, Giuditta am Arm, die Schwelle des Eßzimmers hatte betreten wollen, hätte das Dynamit, zuvor von ihm heimlich in der vollen Suppenschüssel versenkt, den Porzellandeckel emporgejagt und unter eindrücklichem Knall die Petersilie wie ein grünes Feuerwerk verspritzt. Fabrizio lehnte an einen Ahornstamm, weißt du noch, was darauf geschah? Der Onkel holte einen schweren Sack mit Reisspreu unter dem vom weißen Damasttuch verdeckten Tisch hervor und setzte ihn Giuditta auf die Knie, Reisspreu für die Nevera! Um damit den hineingestampften Schnee zu bedecken, Reisspreu, für alle sonst zu teuer, jedermann behalf sich mit Buchenlaub, doch mit Reisspreu zugedeckt blieb der Schnee noch kühler und die Milch darunter restlos frisch bis über zwei Tage, und vergiß nicht, soll der Onkel hinzugefügt haben, die Milchkanne immer rechts zu tragen, rechts! sonst fällst du von der schmalen Treppe in die Schneegrube hinunter, in diesem Augenblick war gerade besonders viel zerhackte Petersilie von der Decke auf Giudittas bloßen Arm heruntergetropft, und ausgelassen, bald von allen Bewohnern Rovinas unterstützt, fing sie an zu singen: quel mazzolin di fiori

Fabrizio und ich beschlossen, ohne uns noch einmal nach dem Wäldchen umzusehen, auf einem anderen Weg nach Rovina zurückzukehren. Unterhalb des Gratwegs, bevor man in das kleine Tal gelangte, führte eine Abkürzung über die Voralp nach Rovina hinunter. Wir erinnerten uns zwar nur undeutlich an diesen Abstieg, wir mußten ihn seit langem nicht mehr gegangen sein. In der Tat war die Abzweigung kaum sichtbar, erwies sich schon nach ein paar Schritten als ziemlich steil und drohte jederzeit, sich im Dikkicht der Eschen und Kastanien zu verlieren, doch jede Anstrengung, jedes Abwärts war mir recht. Ich wäre gern im Schatten der Bäume, im anfänglichen Dunst der Frühe gänzlich untergetaucht, wünschte mir diesen noch undurchdringlicher, aber er war bereits im Begriff sich aufzulösen. Grausam erschien mir jetzt die unverrückt heraufziehende Bläue des Himmels. Allerdings wurden wir nun von dem Weg in Anspruch genommen, hin und wieder rutschten wir ab, was weniger unserer Unachtsamkeit als der Hast zuzuschreiben war, mit der wir beide unabgesprochen der Voralp zu drängten. Dabei bemächtigte sich meiner, als ich mir den Komplex der Häuser dort zu vergegenwärtigen suchte, eine sonderbare Erregung, hinter jenen Dächern tauchte eine schwarze Gestalt auf, die schwankend näher und näher kam. Männer von Rovina trugen sie auf den Schultern durch den Kastanienwald, es war eine überlebensgroße Gestalt, in einen starren nachtfarbenen Sternenmantel gehüllt, der weit abstand und rundum die silbern eingestickten Sterne aufglitzern ließ, und über dem erhobenen wächsernen Gesicht war eine filigrane Krone, schwebend leicht, aber das Herz war von sieben Schwertern durchbohrt, die strahlenförmig herausragten und an denen sich der Schimmer der Sterne brach. Der Zug erreichte in vollkommenem Schweigen, wie ein Trauerkondukt, die Voralp, wo ihn die versammelten Frauen Rovinas erwarteten, geschart um ein Podium, auf dem sämtliche Knaben, weiß gekleidet, als Engel figurierten. Diese hatte man reichlich mit Karamellen vollgestopft, um sie ruhig zu halten, auch Fabrizio war ein kleiner weißer Engel und wippte von Zeit zu Zeit mit den Fußspitzen, um die angehefteten Kartonflügel in Bewegung zu bringen. Erst als die schwarze bekrönte Gestalt den Marmorbogen unmittelbar vor dem Häuserkomplex passierte, stimmten die Frauen eines ihrer heftig akzentuierten schwermütigen Lieder an. Der sogenannte Marmorbogen, der wie aus einem Lunapark entlehnt wirkte, war übrigens in penibler Kleinarbeit mit Illustriertenpapier, zerschnetzelt und übereinandergeklebt, verkleidet worden. An der Hand Giudittas starrte ich der schwerterglänzenden Gestalt entgegen, die nochmals bedrohlich vornüberschwankte, ehe sie die Männer auf dem langen Steintisch, der sich am Nachmittag rot von Wein färben sollte, niederließen. Umsonst also hatte ich im dunklen Kircheninnern Rovinas vor einer bestimmten Nische stets die Augen geschlossen, um die dort auf mich wartende schwarze Gestalt zunichte zu machen. Jetzt war sie bis hierher gekommen, im Triumphzug, die Schwerter zitterten, wie Tränen brannten die Sterne auf dem Mantel. Unter einem Glassturz würde sie die Nacht auf der Voralp verbringen, Zeuge des morgigen Festes sein, und erst gegen Abend wieder nach Rovina zurückkehren, wo ich ihr Dasein erneut verleugnen würde, kaum das Blitzen eines Kerzenständers wahrnehmend, das Kräuseln einer Altartuchspitze, nur im Lichtkegel unter dem Kuppeltürmchen war Leben, wo die gemalten Kumuluswölkchen flogen, die Mücken sirrten, ich Fabrizio küßte, bewußtlos vor Glück, Fabrizio

Nur einmal in jedem halben Jahrhundert fand dieses Fest statt, der Auszug der schwarzen Gestalt im Sternenmantel, ihr Nächtigen auf der Voralp, die Rückkehr am folgenden Tag. Eine besondere Melancholie umgab deshalb dieses Geschehen. Manch einer hatte einmal als Kind die Schmerzensgestalt im weiten schwarzen Mantel durch den Kastanienwald nahen gesehen, und sah er sie jetzt als Erwachsener wieder, so war es gewiß das letzte Mal. Verständlicherweise wurde am eigentlichen Festtag über alle Maßen Wein getrunken. In blutähnlichen Rinnsalen floß er aus umgekippten Tassen über den Steintisch, an dem sich die Bewohner Rovinas ihren üblichen Spielen ergaben. Fabrizios Onkel, ziemlich angetrunken, verlas mit sonorer Stimme die Tombolanummern, immer noch Giudittas grauen Schirm am Arm, den er trotz ihres Zuredens um keinen Preis ablegen wollte. Er hatte, als einer der Träger, die an sich schon beschwerliche Prozession durch den Kastanienwald mit diesem Schirm, der seinen Vorgänger fast bei jedem Schritt in die Kniekehlen stach, empfindlich gestört. Er behauptete aber, nur das Tragen eines Frauenschirms begünstige einen unwetterfreien Tag, halte mißliebige Zwischenfälle ab, gewähre eine trockene Heimkehr. Hast du etwa Lust, Giuditta, einen von Regen durchwässerten Risotto zu essen? Der Schirm half ihm nun auch, schwungvoll in die Luft erhoben, den vom Wein befeuerten Nachmittag vor dem völligen Chaos zu retten. Etwas Ruhe senkte sich über die Runde herab, als das obligate Namenraten eines Huhns an der Reihe war. Das Huhn, ein Prachtexemplar von Giudittas Pharaonenhühnern, wurde im Käfig von Hand zu Hand herumgereicht, und während das schöne Tier mit den flaumigen Federn nervös zwischen den Stäben flatterte, konnte jeder Teilnehmer drei mögliche Namen auf die kursierende Liste setzen, je unpassender der Name für ein Huhn, desto sicherer ging man, meist hieß es schließlich Amalia, Celestina, oder Serafina. Es muß im Verlauf dieses Spiels gewesen sein, daß ich mich vorsichtig, wider Willen, der schwarzen Gestalt im Sternenmantel näherte, die unter ihrem Glassturz dem Fest beiwohnte. Angstvoll interessiert betrachtete ich die sieben Schwerter, die ihr Herz durchbohrten. Wie unbewegt war darüber das bleiche Gesicht! Ein Silberkettchen hing um den schmalen Hals, und beim genaueren Hinsehen entdeckte ich plötzlich, daß es verfärbt von Grünspan war. Ein Strahl von Mitleid durchschoß mich mitten in meiner Furcht. So nagte auch an dieser gebieterischen Erscheinung, prunkvoll in ihrer Trauer, eine geheime Hinfälligkeit

Schon warf die schwarze Gestalt unter dem Glassturz einen langen Schatten über die Köpfe der um den Steintisch Trinkenden. Die Frauen mahnten zum Aufbruch. Sie lösten die weißen Holunderblütensträuße vom Marmorbogen und eröffneten den

Zug. Nochmals schollen ihre durchdringenden Stimmen über die Voralp und verloren sich bereits gegen Rovina zu. Giuditta ging in Gedanken versunken, es war ihr sicher recht, die Träger mit der überlebensgroßen Gestalt hinter sich zu haben und nicht mehr das bedrohliche Schwanken, verstärkt durch den Schirm an ihres Bruders Arm, mit ansehen zu müssen. Leicht berauscht und erschöpft in Rovina angekommen, sah sie sich mit dem kleinen Fabrizio konfrontiert, der sich hartnäckig weigerte, das weiße Engelsgewand mit den angehefteten Kartonflügeln auszuziehen. Er schlief die ganze Nacht über platt auf dem Bauch, um die abstehenden Kartonflügel nicht zu lädieren, wobei von Schlaf wahrscheinlich wenig die Rede sein konnte. Jedenfalls gewahrte Giuditta, als sie noch fast im Dunkeln aufstand, um einen Schluck Kaffee zu wärmen, auf dem oberen Gang einen weißen Schatten, der umherhuschte, zweifellos Fabrizio, der schon wieder munter war. Die Sache komplizierte sich, als Fabrizio auch am anderen Abend sowie am folgenden Tag unter keinen Umständen dazu zu bewegen war, das Engelsgewand abzulegen. Wagte es Giuditta, ihn zu packen, entwischte er entweder mit ungeheurer Behendigkeit oder schrie mit solch hysterischem Nachdruck, wozu er wohl durch die ziemlich durchwachten Nächte gelangt war. Er versteifte sich darauf, auch die kleinen Arbeiten, mit denen er sonst Giuditta erfreute, beispielsweise das Hüten der Pharaonenhühner während ihrer Siesta, im weißen Engelsgewand auszuführen. Er erhielt dabei öfters ein gekochtes Schweineschwänzchen als Belohnung, welches er beim Hüten der Pharaonenhühner auf einem besonderen Teller bei sich hatte und langsam und genußvoll verzehrte. Dazwischen fuchtelte und gestikulierte er zu etwaigen Raubvögeln hinauf, die über der Hühnerwiese kreisten, und Giuditta lachte noch später Tränen, wenn sie sich Fabrizio vorstellte, wie er damals im weißen Engelsgewand zwischen den Pharaonenhühnern umherrannte und wie verrückt mit den Kartonflügeln schlug, wenn sich auch nur schon der Schatten eines Vogels zeigte. Fabrizios Onkel aber wurde dieses Treiben zu bunt. Eines Nachmittags erschien er mit der roten Frauenperücke, die er an der letzten Fasnacht getragen hatte, hinter dem Holunderbusch, dröhnte mit verstellter Stimme: genug mit diesem Firlefanz, bestia! brach darauf in die Hühnerwiese ein und schnappte nach Fabrizios gerade äußerst zierlich geringeltem Schweineschwänzchen. Fabrizio vergaß vor Schreck, mit den Kartonflügeln zu wackeln, fixierte statt dessen die roten Frauenhaare des Onkels, wurde leichenblaß und völlig starr. Der Onkel fürchtete nun vielleicht doch, Fabrizio könnte wie nach seinen Alpträumen gleich in Ohnmacht fallen, jedenfalls brummte er nur noch einige Fluchworte in die Gegend und verzog sich. An jenem Abend ließ Fabrizio sich widerstandslos von Giuditta entkleiden und zu Bett bringen, wie ein toter Falter baumelten die Kartonflügel vom Türhaken

Die Mundöffnung wieder abwärts gekehrt, ließ sich die Meduse, offensichtlich erschöpft von meinem Angriff, unter die Wasseroberfläche sinken. Doch nur kurz verharrte sie in dieser Ruhelage, bereits stieg sie von neuem empor, von ihren Fangfäden wie mit Girlanden geschmückt. Ein irrlichterndes Glühen umspielte die Ränder der Meduse. Welchen Untergrund schickte sie sich an zu illuminieren? Wollte ich ihrer Faszination nicht erliegen, mußte ich dem Schimmer folgen, den sie hinab über Kessel und Furchen, Becken und Gräben auf dem Meeresboden warf, und wo sich auch jene Mulde der Voralp abzeichnete, vom Komplex der Häuser wie von einer halbrunden Mauer umschlossen, noch ganz in den Morgenschatten getaucht. Wir mußten den Abstieg sehr schnell hinter uns gebracht haben, da uns hier die letzte Dämmerung der Nacht umfing und hoch, unendlich fern, der sonnenhelle Himmel schwamm. Die strenge Front der Steinhäuser, die sich geschlossen vor unseren Augen erhob, verstärkte diesen Eindruck. Der runde Platz davor war von Eschen und Gebüschen aller Art zugewachsen, um den Steintisch drängten sich Johannisbeersträucher wie die Gäste eines längst vergessenen Mahls. Schau die Johannisbeersträucher, rief Fabrizio aus, man sieht überhaupt nicht mehr in die Ebene hinunter! Beide liefen wir auf den Steintisch zu und betrachteten die aufgeschossenen Sträucher, diese veränderten Bekannten aus unserer Kindheit. Fabrizio seufzte unwillkürlich, und ich lachte über seine komische Bedrängnis, sicher dachte er mit Schauder daran, zu welch unabsehbarem Ausmaß die Langeweile des Beerenpflückens inzwischen gediehen wäre. Giuditta hatte uns oft, jedes an einer Schnur eine Blechbüchse umgehängt, zum Pflücken auf die Voralp geschickt, aber Fabrizio hatte das stets ein unerquickliches Geschäft gefunden. Während ich eine wahre Begeisterung dafür entwickelte, setzte sich Fabrizio bald einmal mit seiner Büchse ins Gras, schleuderte flache Steine in die Ebene hinunter, ließ einzelne Beeren über den

Steintisch rollen oder steckte sie mir in den Halsausschnitt. Ich aber versank beim Pflükken der Johannisbeeren in eine Zeitlosigkeit, die mich in dieser Beschäftigung unermüdlich, fast wie in einem Delirium, fortfahren ließ. In den nur manchmal leicht getrübten, oder von Gespinst überzogenen, sonst meist glänzend roten Beeren spiegelte sich der Himmel wider, zogen die Wolken, neigten sich die Eschen. Jede Beere wurde eine kleine Weltkugel, die mein eigenes Bild, die Voralp, das ganze Dasein leuchtend umschloß, und erst auf dem Grund der Büchse dunkelte. Dorthin drang dann meine Hand begehrlich vor, tastete nach den prallen Beeren, die kühl und schmeichelnd durch die Finger rannen. Oft widerstand ich einer süßen Zerstörungslust nicht, schloß die Augen, wühlte mit der Hand zwischen den Johannisbeeren, drückte, zerquetschte, bis der Saft tropfte, Blut, das sich Sommer für Sommer erneuerte

Fabrizio versuchte ein paar Johannisbeeren über den Steintisch zu rollen, aber die kleinen geschrumpften Früchte hatten etwas von Stecknadelköpfen und blieben in den Unebenheiten und Ritzen der Tischplatte hängen. Plötzlich überwältigte mich ein wildes Verlassenheitsgefühl. Ich preßte beide Hände flach auf die Beeren, kaum färbten sie sich rot von dem klebrig dicken Saft. Wäre er strömend geflossen! Ich fand in meinem Innern den Weg zu Fabrizio nicht mehr. Dabei war er nah, und keine Stunde von mir gewichen. Was riß mich fort von ihm, zu einem fast stürmischen Aufbruch, weg von allem? Ich würde mich nicht beugen. Allem Unbekannten wollte ich entgegengehen, aller Gefahr, allem Leid. Ich lief auf die geschlossene Front der Steinhäuser zu, als sähe ich sie nie mehr wieder. Festungsähnlich, in einer vollkommen geschwungenen Linie, umfaßten die Gebäude den Platz. Ställe, Heuböden, Aufenthaltsräume waren hier in einem Komplex gebaut worden. Einige der Türen waren verriegelt, andere eingedrückt, oder angelehnt, einmal eingetreten offenbarte sich sofort der Verfall. Mancherorts waren Granitplatten der Dachbedeckung durchs Innere gebrochen, die Kastanienbalken verwitterten. Spuren fremder und flüchtiger Benützung in den Räumen, Unrat und Abfälle, mischten sich mit den alten Gerätschaften, deren Namen wir kaum mehr kannten. Wir hatten zwar die Bewohner Rovinas diesen und jenen Gegenstand erwähnen hören, seine Herstellung, seinen Gebrauch, doch niemand bedauerte das Verschwinden dieser Geräte der Armut, und wir selbst wollten oft einfach nichts mehr sehen, nichts mehr wissen von der früheren Zeit. Doch jetzt erinnerten wir uns des Stuckzimmers, das sich auf der Voralp befand. Das Stuckzimmer mit den fliegenden Fischen! Dieser Raum allerdings hatte immer unser Interesse erregt. Fabrizios Onkel und Giuditta schienen ihn nie mehr zu betreten, auch in ihren Gesprächen tauchte er nicht auf, desto mehr brannten wir darauf, ihn zu sehen. Nie gingen wir auf die Voralp, ohne uns eine Weile darin aufzuhalten. Die Bewohner Rovinas redeten oft über das Stuckzimmer, sie fanden es reizvoll, aber etwas absonderlich, einer der exzentrischen Einfälle von Fabrizios Onkel. Er hatte den Einzug Giudittas in das Stuckzimmer mit einem verschwenderischen Fest auf der Voralp gefeiert, das jedoch ein trübes Nachspiel haben sollte. Die Gäste des Fests waren, außer den Bewohnern Rovinas, vor allem die Stukkateure gewesen, die Fabrizios Onkel von jenseits der Grenze hatte kommen lassen. Denn obwohl aus Rovina selbst einmal ganze Generationen von Stukkateuren emigriert waren und in den fernen Metropolen die Fürstenhöfe überflutet hatten, beherrschte heute niemand mehr dieses Metier. Fabrizios Onkel besaß zwar noch alte Dokumente, Skizzen, Entwürfe, und er hatte eine genaue Vorstellung vom Aussehen und der Anordnung der fliegenden Fische. Er sprach so lange und detailliert auf die Stukkateure ein, vom eigentümlichen Erscheinen der fliegenden Fische über Wasser, von ihrem Jagen und Flüchten, den außerordentlich entwickelten Brustflossen, den hervortretenden Augen, daß die Arbeiten rasch Gestalt annahmen. Dazwischen wurde am Steintisch im Freien reichlich getrunken und gegessen, dann aber stand Fabrizios Onkel schon wieder mitten im Raum, prüfte den Fortgang, nahm da eine Kelle, dort einen Spachtel selbst zur Hand und fuhr fort in seinen Schilderungen dieser Fische, welche die wärmeren Meere bevölkern, mit unerhörter Geschwindigkeit, ohne Rücksicht auf die Richtung des Winds, aus dem Wasser schießen und in flachen Bogen über den Wellenkämmen hingleiten, einer über den andern hinwegschnellend, nicht selten geschieht es, rief Fabrizios Onkel aus, daß mit einem Male Hunderte, Tausende aus dem Meer aufsteigen! In den vier Ecken der Decke sollten nun solche Schwärme zur Darstellung kommen, und zwar so, als flögen sie auf die Mitte des Raumes zu. Alle Stuckarbeiten blieben weiß, als Grundierung der Decke aber wählte man ein transparentes Wassergrün. Fabrizio und ich eilten ins Hauptgebäude. Dort, hinter einer in die Front eingelassenen Loggia, war das Stuckzimmer. Die Tür schien verschlossen, doch suchten wir gar nicht erst den Schlüssel, sondern gingen sofort auf die Loggia, um durch das Fenster direkt in den Raum hineinzusehen. Nicht ohne Scheu näherten wir uns den verschmutzten Scheiben. Das Stuckzimmer war noch von Dämmerung erfüllt und mochte uns deshalb kleiner vorkommen, jedenfalls waren Fabrizio und ich überrascht, in unserem Gedächtnis war es nahezu ein Saal gewesen. Giudittas großes Bett stand immer noch da, seit jeher übrigens der einzige Gegenstand im Raum, über die Matratze wie früher ein weißes Schaffell gebreitet. Je länger wir an das Fenster gelehnt in den Raum hineinschauten, desto unwiderstehlicher zog uns das Wassergrün der Bemalung in seinen Sog. Es flog um uns, wir schwammen in ihm, es zog uns auf seinen Grund. Giudittas Bett wurde ein Schiff, das die Wogen des Meers teilte, und aus allen vier Himmelsrichtungen lockte es die fliegenden Fische herbei. Durchscheinend zart hob sich die Haut der Brustflossen ab, erzitterten sie durch den Druck der Luft, oder war es ein eigentliches Flattern aus der Zimmerdecke heraus

Wir trennten uns erst von dem Fenster, als die Dächer der Voralp bereits vom Morgenlicht beschienen sein mußten, und die Spiegelung von irgend etwas Glänzendem bleiche Wasserschosse in der Flut des Raums trieb. Warum hatten wir nicht das Stuckzimmer für die vergangene Nacht gewählt? Doch seit dem Ausgang jenes Fests lag ein Schatten darüber. Giuditta hatte gedroht, eher würde sie die Matratze hinaus ins Freie schleppen, als in einem Haus übernachten, auf dessen Dach man die Fahne eines Gasts verbrannt hatte. Es war einer jener tückischen Vorfälle, die ihr Leben zusehends verfinsterten. Niemand konnte übrigens den Vorfall rekonstruieren, das nächtliche Herumgehen auf den Granitplatten des Dachs hätte gehört werden müssen, und wie kam es, daß keiner das Aufflackern eines Feuerscheins wahrgenommen hatte? Wie dem auch sei, die Stukkateure hatten, in ihrer Begeisterung über die ungewöhnliche Arbeit an den fliegenden Fischen, da und dort auf der schon damals verfallenden Voralp kräftig Hand angelegt, vor allem das Dach des Hauptgebäudes repariert, aber auch manches in den Ställen wieder instand gesetzt. Es wurde nicht nur das Einweihungsfest für Giudittas Stuckzimmer, sondern sozusagen für die ganze Voralp. In der Euphorie des Fests schickten die Stukkateure einen der Ihrigen nach Rovina hinunter, um mit dem Materialaufzug weitere Weinflaschen zu beschaffen, der Stukkateur kehrte sogar mit einer Fahne des Nachbarlandes zurück, die unter Zustimmung aller auf dem Dach des Hauptgebäudes gehißt wurde. Aber vielleicht war den Bewohnern Rovinas die fremde Fahne auf ihrer Voralp von Anfang an ein Dorn im Auge gewesen. Oder waren erst später, im Verlauf des Fests, einige jener bösen Sticheleien gefallen, mit denen man die Grenzgänger, jede eigene frühere Emigration vergessend, spüren ließ, daß man durchaus nicht auf sie angewiesen war? Am Morgen nach dem Fest war die Fahne auf dem Dach verschwunden, auf dem runden Platz fand man versengte Grasspuren, und rasch verbreitete sich das Gerücht, die fremde Fahne sei, fast gänzlich verbrannt, zusammen mit den leeren Weinflaschen auf dem Materialaufzug in die Talstation hinabgeschickt worden, wo die Stukkateure in einem gemieteten Haus die letzte Nacht verbracht hatten. Seit jenem Morgen schloß Giuditta das Stuckzimmer ab. Sie fürchtete einen Anschlag auf die fliegenden Fische, aber mir ist dabei, hörten wir sie einmal sagen, als schlösse ich mich aus meinem eigenen Leben aus. Sind nicht schon ein paar der Brustflossen beschädigt? Fabrizios Onkel wandte sich nach ihr um, Giuditta, sagte er, komm hinauf! Die fliegenden Fische sind unversehrt, komm, pfeilgeschwind flitzen sie durch die Bläue, lebendiger als am ersten Tag! Fabrizio war vor mir wieder auf den Platz hinuntergelaufen. Er bückte sich nach leeren Konservenbüchsen und warf sie in einen Stalleingang. Ich schloß mich ihm an, und nochmals verrichteten wir das, was jeden Weggang von der Voralp beschlossen hatte. Mit einem Stekken suchten wir das angrenzende Unterholz ab, oft genug hatte uns Giuditta eingeschärft, eine einzige Konservenbüchse! in den Monaten extremer Trockenheit von der Sonne angestrahlt, eine einzige Konservenbüchse genügt, um das dürre Laub zu entzünden, und die Voralp geht in Flammen auf! Dann verriegelten wir die Türen. Der Platz war jetzt bereits vom Sonnenlicht überflutet, nur auf den Steintisch fiel der Schatten einer Esche. Schwankte die überlebensgroße Gestalt im starren prunkvollen Mantel vornüber? Die Schwerter bewegten sich, von der Tischplatte tropfte der Wein. Doch langsam verblaßten die Sterne auf dem Mantel, die filigrane Krone über dem erhobenen Gesicht wurde so leicht, ein Gespinst von Zweigen, eine zerfasernde Wolke! Ganz verfärbt von Grünspan war das Silberkettchen, eine Meeresalge, der Mantel zerfiel zu schwarzer Erde. Und da griff ich nach den sieben Schwertern und stieß sie mir selbst, eines ums andere, ins Herz. Tropfen sprühten auf meine Hände, rotglitzernder Tau, Fabrizio schüttelte die Johannisbeersträucher, Spinnweben zerrissen. Von Rovina herauf drang ein langgezogener Ruf

Wir mochten über eine Stunde durch den Kastanienwald, der von einzelnen Buchen und Birken durchsetzt, doch auch hier vor allem von Efeu überwuchert war, gegangen sein, als ich auf einmal, vom Sonnenlicht geblendet, rief: Fabrizio, ein Baum bewegt sich! Beide hielten wir an, die Hand über den Augen. Es war Fabrizios Onkel, der uns torkelnd entgegenkam. Aber bevor wir uns Gedanken darüber machen konnten, wie wir unser gestriges Ausbleiben beim Glockenläuten erklären wollten, hob er freudig winkend die Arme, als hätte er unser Auftauchen hier erwartet. Er trug noch immer die schwarzen Lederhandschuhe, und es sah ziemlich grotesk aus, wie er mit ihnen, den Kopf vornübergeneigt, in der Luft herumfuchtelte. Fabrizio wollte eben eine spöttische Begrüßung an ihn richten, da hob er das Gesicht. Bestürzt entdeckten wir, daß es von Blut unterlaufen war, die Augen geschwollen, die Wangen blau gefleckt, das Kinn voller Schrammen. Fabrizio faßte nach seinem Arm, du bist gefallen! Wann? Wo? Da seid ihr! sagte Fabrizios Onkel und gab sich außerordentlich Mühe, aufrecht zu stehen und in keiner Weise zu lallen, schon so früh zurück? Eine laue Nacht! Wie? Der Holunder blüht zwar nicht mehr, wandte er sich an mich, schade! Ich wollte euch einen Strauß suchen, aber da war so ein Nebelchen gegen die Frühe zu, nur kurz, nicht? Wo bist du denn gestürzt, fragte ich, das tut nichts zur Sache, wehrte er ab, wirklich nichts. Er fuhr mit den schwarzen Lederhandschuhen, wie sich vergewissernd, übers Gesicht, ich bin lediglich aus der Werkstatt herausgefallen, ein falscher Schritt, das ist alles. Seine dunkle Kleidung war an Knien und Ellbogen stark verschmutzt. Zum ersten Mal nahmen wir damals, im Kastanienwald, einen gewissen starren Ausdruck seines rechten Auges wahr. Es erschien größer als das linke, wie durch eine sich von innen her ausbreitende Nacht gewaltsam geweitet. Kein einziger Lidschlag unterbrach diesen beunruhigenden Sog, der dadurch gleichzeitig etwas unendlich Schutzloses hatte, als blickte man plötzlich in einen Abgrund, der sonst verdeckt blieb. Wir sollten uns später daran erinnern, als Giuditta Fabrizios Onkel mit demselben starren Ausdruck, zwischen seinen sausenden Maschinen sitzend, in der Werkstatt vorfand. Es war einer jener grellen Dezembertage, das Licht durchdrang, eine blendende Flüssigkeit, Wälder und Häuser, wie kleine Lampions brannten, gegen die Ebene hinunter, die Kakifrüchte an den Bäumen. Giuditta hatte schon den ganzen Tag Maschinenlärm aus der Werkstatt gehört, das Betrachten der sonnendurchglühten Kaki löste in ihr einen erregenden Vorgeschmack auf das samtig weiche Fruchtfleisch aus, in einer Aufwallung der Versöhnung lief sie zum Haus ihres Bruders und schaute zum Werkstattfenster hinein. Mitten in den letzten Lichtbahnen der Sonne saß Fabrizios Onkel, zweifellos einmal mehr in die Maschinenanleitungen vertieft, doch als Giuditta nicht ohne Zorn nach Jahren endlich wieder in das Innere der Werkstatt trat, rührte er sich nicht. Weder in seinen Händen, noch ihnen entfallen am Boden, fand sich eine Maschinenanleitung, Fabrizios Onkel saß nur da, in dem Knattern und Sausen der Maschinen, in seinem hervortretenden Auge brachen sich die verlöschenden Lichtstrahlen, und er konnte sich nicht mehr bewegen. Nie haben wir erfahren, wie Giuditta ihren Bruder bis zum Materialaufzug hinuntergebracht hat, bestimmt mehr hinabgeschleift als getragen, jedenfalls nahmen die Bewohner des Anwesens unten bei der Talstation noch vor der Dämmerung das übermäßig lodernde Feuer auf Rovina wahr, verabredetes Zeichen für außergewöhnliche Vorfälle, und kurz danach Giudittas rasendes Kurbeln des Apparats. Bei Einbruch der Nacht kam Fabrizios Onkel auf dem Materialaufzug heruntergefahren, noch atmend, doch gelähmt, das rechte Auge aufgerissen, in Giudittas Bettdecke gewickelt. Man vermutete im folgenden Frühjahr, daß Giuditta in ihrer Verzweiflung die Holzbretter gegen den Schnee von den Kirchenfenstern gerissen und unverzüglich auf dem Platz angezündet hatte, denn die Fenster waren eingedrückt, das Kircheninnere mußte ganz von Schnee verweht worden sein, überall fand man hartnäckige Spuren von Feuchtigkeit. Der Schock bewirkte bei Giuditta den jähen Abbruch ihrer Blutungen, die sie trotz ihrer Jahre immer noch gehabt hatte, sie erkannte darin auch die Ursache des Tumors, der darauf in ihr wuchs, mit unvorstellbarer Geschwindigkeit, bis zur Größe eines Kinderkopfs. Aufgebläht wie eine Schwangere ging sie im Haus herum, sah von der Böschung hinter dem Kirchturm den Schnee durch die geborstenen Fenster hineinstürmen, Altäre und Kerzenständer begraben. Von der Talstation her bemerkte man Giuditta stundenlang, in eisiger Kälte, beim Materialaufzug warten. Glaubte sie, Fabrizios Onkel führe wieder zu ihr hinauf? Mit der Zeit wurde ihr auch das Liegen beschwerlich. Öfters stand sie nachts, beim Schneelicht, hinter dem Fenster, die Hände über dem gewölbten Leib, sie gab sich, sagte man in der Talstation, am Rand des Todes einem Zustand hin, den sie zeit ihres Lebens vergebens ersehnt hatte

Fabrizios Onkel ging weiter gegen die Voralp hinauf, er wandte sich noch verschiedene Male um und gestikulierte mit den schwarzen Lederhandschuhen, einen Strauß sollt ihr haben, einen Strauß, wie ihr nie einen gesehen habt! Fabrizio und ich setzten den Weg nach Rovina fort, dessen Dächer schon unter uns auftauchten. Wie immer suchten wir zuerst das große Steinhaus mit dem Blick, die Glyzinienfront lag noch im Schatten. Tief grub sich der Umriß des Hauses in mich ein, wie die Züge eines Menschen, den man nach langer Zeit wiederfindet. Da das Licht die Blütendolden noch nicht mit seinem Schimmern erfüllte, nahmen die Glyzinien sich merkwürdig steinfarben aus, als wären sie diese Nacht erst aus den Mauern herausgewachsen. Die Haustür stand halb offen. War Giuditta heraufgekommen, um Kaffee zu kochen? Schon hatten wir die Johannisbeersträucher erreicht, die das Grundstück abschlossen, die Steinplatten vor dem Haus waren noch feucht, wie gestern wölbte sich ein klarer Himmel darüber, und im Abgrund seines Blaus versank die durchlebte Nacht. Tatsächlich saß Giuditta bereits in der Küche, aber da bei uns selten ein Feuer brannte und sie dies auch nie ohne unser Drängen entzündete, erkannten wir zuerst kaum ihre Gestalt in dem düsteren Raum. Was unsere Aufmerksamkeit hingegen sofort anzog, war etwas Rundes von ziemlichem Umfang, das in der Mitte des Tisches lag, und von dem eine milde Helligkeit ausging. Unwillkürlich beugten Fabrizio und ich uns darüber, ein warmer Duft von Anis umfing uns. Giuditta erhob sich und stellte dampfenden Kaffee dazu, endlich hast du wieder einen Aniskuchen gebacken, rief Fabrizio. Giuditta lachte und setzte sich wieder in ihre Ecke, etwas Festliches war heute an ihr. Unverwandt betrachtete sie uns, wie wir den Kuchen zerschnitten, eigentlich eine Art Fladen, mit viel in zerlassener Butter getränktem Zucker, den würzigen Geschmack aber verliehen ihm die darübergestreuten Anisblumen, in reicher Menge zerstoßen und zerrieben. Aniskuchen gab es selten, auch früher hatte man sie nur zu besonderen Anlässen gebacken, obwohl sie aus den einfachsten Grundnahrungsmitteln bestanden. Fabrizio und ich aßen und wärmten uns, der Anisduft durchströmte die heller werdende Küche, eine blasse Mondscheibe schwamm der Kuchen darin und trug uns getröstet an die Oberfläche des Tags. Es war während dieses Morgenessens, das uns wie kein anderes in Erinnerung bleiben sollte, daß Giuditta unvermittelt, einen traurig fiebrigen Glanz in den Augen, dann doch fragte, und das Stuckzimmer, das Stuckzimmer mit den fliegenden Fischen, ist es nicht noch mehr beschädigt? Fabrizio und ich haben in jenem Augenblick geschworen, Giuditta nie auch nur eine Andeutung darüber zu machen, daß wir die zerstörte Nevera entdeckt hatten. Jedoch schilderten wir, mit beredten Worten, die fliegenden Fische, die Durchsichtigkeit der Brustflossen, ihr immer noch ungemein lebendiges Schwärmen über den wassergrünen Deckengrund. Denn so wie ich einst in der Fackelnacht in Giudittas Liebe gesehen hatte, so sah sie in die unsrige

Vermehrte Windstöße vom Meer her beugten die Kamillensträucher nieder, zerzausten die Blüten, verwehten ihren herben Geruch. Die Wellen jagten über den Sand, fraßen sich bis zu den Dünen vor, eilten zurück mit erloschener Gischt, kehrten tobend wieder. Die ersten Tropfen schlugen gegen mein Gesicht. Schon trieb die Meduse dem Horizont zu, noch unterschied ich ihre verführerische Gestalt, als lohte dort, wo sie auf einem Wellenkamm ritt, für einen kurzen Augenblick das Meer. Dann entfesselte sich eine Regenböe über dem Strand, Wasser floß aus meinem Haar, vermischte sich mit dem Element. Ich warf die Plastiksandalen fort und tauchte ins Meer, Flut füllte mir den Mund, um wiederzugewinnen, was ich verlor

Neue Bücher 1. Halbjahr 1988

Suhrkamp Literatur

Bertolt Brecht,
Große kommentierte Berliner und Frankfurter Ausgabe
Peter Ackroyd · Margrit Baur · Julio Cortázar
Hans Peter Duerr · T. S. Eliot · Agnes Heller
Ödön von Horváth · Bohumil Hrabal · Gertrud Leutenegger
Joachim Lucchesi/Ronald K. Shull · Angeles Mastretta
Alice Miller · Andreas Neumeister · Klas Östergren
Marcel Proust · Alfred Simon · Robert Walser
Spectaculum
Bibliothek Suhrkamp · edition suhrkamp

Fotonachweis: Isolde Ohlbaum, Sara Facio, Vera Caltova, El Pais, Gerda Goedhart, Julika Miller; weitere Nachweise: Suhrkamp Verlag.

Suhrkamp Verlag, Lindenstraße, 6 Frankfurt/M. 1. Preisänderungen vorbehalten. 1/88 (99166)